徳間文庫

もんなか紋三捕物帳

守銭奴

井川香四郎

徳間書店

目次

主な登場人物

紋三《もんぞう》　門前仲町《もんぜんなかちょう》の「おかげ横町」に居を構える〝もんなか紋三〟と呼ばれる岡っ引。大岡越前守《おおおかえちぜんのかみ》から直々《じきじき》に朱房の十手《じって》を預けられ、江戸市中に十八人の子分がいる。三十代半ばの男盛りで、よく見ると歌舞伎役者ばりのキリッとした眉と鋭い眼光をした近所でも評判の色男。

お光《みつ》　紋三の妹。二十歳前後。

伊藤洋三郎《いとうようざぶろう》　〝ぶつくさ洋三郎〟。南町奉行所の本所廻《まわ》り同心。

鬼三郎《きさぶろう》　湯島天神《ゆしまてんじん》下で、桶師《おけし》ばかりが仕事場にする「うぐいす長屋」の家主兼親方。四十過ぎ。

市助《いちすけ》　紋三の下っ引。元は〝十八人衆〟のひとり、愛宕《あたご》の丑松《うしまつ》の下《もと》で働いていた。

第一話　雨宿り

一

　品川宿は江戸四宿のひとつで、東海道の玄関口ゆえ、最も人出が多い。慶長年間《けいちょう》、幕府を開くに際して、徳川家康《とくがわいえやす》によって置かれたが、古来《こらい》、品川湊《みなと》として栄えていた。やがて、北宿、南宿、新宿などに広がり、江戸湾を見渡せ、遥《はる》か向こうには房州《ぼうしゅう》の峰々を眺《なが》めることができ、西の方には富士山を仰《あお》ぎ見ることができた。大木戸《おおきど》がある高輪《たかなわ》に至《いた》る道々には茶屋が連《つら》なり、八代将軍吉宗《よしむね》の治世になって、「茶屋町《ちゃやまち》」という宿場として認めた。

　その一角にある『笹屋《ささや》』という居酒屋に、紋三《もんぞう》が立ち寄ったのは、驟雨《しゅうう》が激しい晩夏のことであった。

あまりにも激しい驟雨《しゅうう》だったので、軒下《のきした》で雨宿りをしていると、

「そこでは濡れましょう。どうぞ中へ」

と店の女将《おかみ》さんが手招きしてくれた。

美形とは言えないが、どことなく愛嬌《あいきょう》のある小肥《こぶと》りの女だった。まだ三十には届いていないだろうか。

丁寧《ていねい》に手拭《てぬぐ》いまで差し出してくれ、顔や手足の雨水を払うことができた。紋三は礼を言って、茶を所望《しょもう》したが、

「もうすぐ日暮れ。喉《のど》を潤《うるお》すのなら、お茶より、お酒の方がよろしいのでは？」

と女将は声をかけてきた。商売っけがあって言っているのではなく、親切で言っていることが、紋三にも分かったが、

「あいにく、あっしは下戸《げこ》なものでして。できれば、茶と最中《もなか》か、あんこ餅でもあれば嬉しいんでやすが」

「あら。これは失礼致しました。どう見ても、いける口だと思いましたもので。ねえ、おまえさん……」

厨房《ちゅうぼう》の中の主人に向かって言った。眉間《みけん》に深い皺《しわ》のある四十半ばの中年男だった。料理の下拵《したごしら》えをしているのであろう、手先は器用そうに動いているが、女将と違っ

て愛想《あいそ》はなかった。

ほんのりと出汁《だし》や醤油の香りが漂《ただよ》っているので、

「煮魚ですか……」

と紋三が訊《き》くと、女将はすぐ答えた。

「目の前の海で取れた穴子《あなご》です。柔《やわ》らかくて美味《お》しゅうございますよ。お茶のあてにはならないかもしれませんが、如何《いかが》ですか」

「頂きましょう。酒はほとんど飲めませんが、美味《うま》いもんには目がないもんで」

紋三は舌を舐《な》めるように言った。だが、主人は鉄面皮《てつめんぴ》で、神経がないのかと思うくらい、感情を表さなかった。それが不気味でもあるし、頑固な職人気質《かたぎ》にも見える。

チラリと見やる紋三の視線に気づいたのであろう。

「ご免なさいね。うちの人、こういう人なんです。愛想笑いのひとつでもあれば、もっと客が来てくれますのに、ねえ」

女房は人懐《ひとなつ》っこそうに笑う。

そのたびに口元にえくぼができて、紋三の心も和《なご》んだ。

「今から品川宿ですか、それとも高輪の方へ……？」

茶を出しながら女房が尋《たず》ねてくるのへ、紋三はホッとした顔を返して、

「品川宿の方へ……ちょいと野暮用《やぼよう》で」

と言った。

嘘であった。本当は、品川宿の半次《はんじ》親分に会っての帰り道だった。暮れ六つまでに高輪の大木戸《おおきど》を抜けなければならぬが、門前仲町《もんぜんなかちょう》の紋三と言えば、少々の融通《ゆうずう》をきかせてくれる。だが、紋三はとっさに嘘をついた。

なぜ嘘をついたのか、自分でも分からぬ。ただ、妙な胸騒ぎがして、この店の軒下で雨宿りをしたのも何かの縁だと感じたのだ。

というのも、ほんの半刻《はんとき》程前まで、半次と盗賊捕縛《ほばく》の打ち合わせをしていたからだ。

半次は、紋三門下の〝十八人衆〟のひとりで、最も腕っ節の強い男だった。元はやくざ者で、品川宿の惣領《そうりょう》と呼ばれるほどの人望《じんぼう》もあった。紋三よりも一廻りほど年上で、只《ただ》ならぬ貫禄《かんろく》もある。

江戸で急ぎ働きした〝紅《べに》すずめ〟という女盗賊が、品川宿に逃げ込んだとの報を受けたので、紋三自《みずか》らが報《しら》せに走ったのだ。なぜなら、地元の門前仲町近くの呉服問屋『雉屋《きじや》』など、大店《おおだな》ばかりを狙っての仕事だったからだ。

江戸一番の大親分、〝もんなか〟紋三としても面子《メンツ》を潰《つぶ》された形になったから、多少、頭に血が昇ったのかもしれない。

「——あら。だったら精進落《しょうじん》としじゃなくて、景気づけにどうですか」

　女房が笑いかけてきた。

「飲めない人には、これを勧《すす》めてるんですよ……すだち酒です」

　おちょこにほんの少しだけ垂らすように入れて、紋三の前に差し出した。お酒を水で薄めて、その分、すだちで香りを立てたものだという。女や子供でも縁起物として飲めるから、よほどの下戸ではない限り、大丈夫だと女将は言った。

　たしかに香りがすでに立ち上っている。

「いい匂いだ……じゃ、ちょいと試《ため》しに頂いてみるかな」

　紋三はぐいっと飲んだ。一瞬、くらっときたが、酸っぱさの中に上品さがある。むろん、まったく飲めないわけではない。甘党であるから、ぜんざいや草餅をあてにして酒を飲むこともあるから、周《まわ》りの者たちには、気持ち悪がられているだけだ。

　もっとも、岡っ引という仕事柄、何処《どこ》で何があるか分からないから、まったくの下戸と言っているのである。そうすれば、無理に酒を注《つ》がれることもない。

「すだち酒……とは珍しいな」

　貝原益軒《かいばらえきけん》の書物にその名が出たのが、宝永《ほうえい》年間らしいが、江戸時代になってから、ぼちぼち出廻っていた。

「ああ、美味《うめ》え……旅の空で、こういうのを頂くと嬉しくなるねえ」

「そんなに引き止めませんから、せめて穴子だけでも」

と小皿に数切れ載せて、差し出した。

「え？　引き止めないって、とは」

「だって、これから品川宿に行くんでしょ。だったら、もう分かりますよ。刻限《こくげん》が刻限でございますしね。あは」

遊郭《ゆうかく》に行くと思っているのであろう。もっとも、吉原《よしわら》のような公《おおやけ》の廓《くるわ》ではなく、岡場所《おかばしょ》である。飯盛旅籠《めしもりはたご》があって賑《にぎ》わっており、その数も五百人程いたという。ひとつの宿の遊女はひとりと決められていたが、旅籠と水茶屋を入れても百五十軒ほどだから、法はあってなきごときだった。

北の吉原に南の品川――と呼ばれるほどの色街の顔もあるが、吉原の風格や威厳《いげん》、華やかさや艶《つや》やかさとは比べものにならなかった。もっとも、紋三は女郎買いに来たのではない。

「いや。そんな浮いた話じゃありませんよ」

「そうですか？　旦那、なかなか女の人にもてそうな、いい男じゃないですか。うちの主人のような強面《こわもて》で、無愛想じゃねえ」

女房は何が楽しいのか、浮き浮きした口調で、紋三に話しかけた。すると無表情のままの主人が野太い声で、

「よさないか、お絹《きぬ》。旦那が迷惑がってるじゃないか」

と声をかけた。

「ご夫婦で店をやってるんですか。そりゃ仲がよろしくて、ようございますな」

紋三は女房も子供もおらず、嫁に行かぬ妹とふたり暮らしだと言った。

そのとき、ほんのわずかだが、主人の眉根が上がった。そして、チラリと紋三の顔を見た。一瞬だけ、目が合ったが、どちらからともなく逸《そ》らした。

──余計なことを言った……。

と紋三は思った。

それを誤魔化すように、穴子の煮付けを口に含んで、

「いやあ。これは実に美味《うま》い。ほくほくしてて、柔らかくて、何とも言えねえ甘みが口の中に広がって……ああ、たまらんなあ」

と言った。

笑い顔になる紋三に、女房のお絹はニッコリと微笑《ほほえ》みかけて、

「でしょ。絶品なんです。どうです、他のも食べてみますか。今は貝も美味しいし、

烏賊《いか》や鯊《はぜ》、鮃《ひらめ》なんかも……うちの主人の握り鮨《ずし》も、なかなかいけますよ」

「いや、実に美味そうだな。穴子ひとつで、大将の腕前が分かるってもんだ」

「いきますか?」

「食ってみてえなあ。大将、一見《いちげん》の客のくせに常連面《づら》して悪いが、いいところを見《み》繕《つくろ》ってくれるかな」

紋三が声をかけると、大将は頷《うなず》くでもなく拒《こば》むでもなく、炊《た》きあがったばかりの鮨飯を、黙々と櫃《ひつ》に移して冷ましながら、

「ちょいとお待ちを……」

とだけ言った。

「いやあ……思いがけず、いい雨宿りになったなあ」

嬉しそうに穴子を食べる紋三は、さりげなく女房に訊いた。

「この店はいつから、やってるんで?」

「そうですねえ……かれこれ十年になりますかねえ」

「十年……いや、大したもんだ。じゃ、その前は他の商売を?」

「私は品川宿の旅籠で働いてたんです。あ、違いますよ。お女郎衆じゃありません」

「全然、そうは見えませんよ」

「その旅籠が潰れたんで追い出され、今日のように雨宿りで入ったのが、この店……この穴子が美味しくって、へへ、そのまま居着いちゃったんです」

「へえ。そりゃまた、粋《いき》な話ですね。お互い一目惚《ひとめぼ》れってわけですかい」

「私の方がね。私、おかめだけど、新吉《しんきち》さんだって、文句言える顔じゃないしね。それに、その頃は私、こんなに肥えてなかったんですよ。主人の美味しいものばかり食べてて、五年経《た》ったら、このとおり。えへ」

「てことは、ご主人は十年前から、ここで……その前は、何処かで?」

「そこなんですよ。私もよく知らないの」

愛嬌良く笑うお絹に、軽く「よさねえか」と主人は言ったものの、さして紋三に気《き》遣《づか》ってる節《ふし》もなかった。

やがて出された数貫の握り鮨と巻物を、紋三は両手を合わせてから食べた。途端《とたん》、頬《ほお》の中で、何かがホロリと落ちた。

「でしょ、美味しいでしょ、お客さん」

お絹は美味しいという顔をしたと思って、紋三を丸い目で見つめた。美味しいのは確かであった。だが、紋三が一口食べて、一瞬にして脳裡《のうり》に浮かんだのは、門前仲町にあった『鮨仙《すしせん》』という店の味だった。

シャリが似ているのである。

「——この味は……」

紋三は感慨《かんがい》深く米粒のひとつひとつを噛《か》みしめながら、

「覚えのある味ですよ……これは酢を使わないで、塩だけで炊《た》いた……でやしょ？」

問いかけた紋三を、新吉はエッという目で見やった。初めて、まっとうに顔を見た。たしかに切れ長の目で、ならず者のような怖い顔をしており、隙《すき》のない態度も只者とは思えなかった。

ただ、意外そうな表情になって、

「よく分かりましたね、旦那……ま、そのくらいは誰でも分かるでしょうが……」

「そうじゃねえ。酢飯にしない店はめったにあるものじゃないからね。昔、時々、通ってた店を思い出したんですよ」

「さいですか……」

「深川《ふかがわ》の門前仲町の外《はず》れにあった『鮨仙』って店なんだがね、知らないかい」

紋三が言った店の名前を聞いて、ほんの一瞬、新吉の目が動いたが、

「——申し訳ありやせん。江戸には行ったことが……」

と軽く頭を下げた。

「そうですかい……いや、俺の思い込みかもしれないが、いや実に懐かしい味に出会えた……これもまた雨宿りのお陰だ」

紋三は酒も飲まずに半刻ばかり、この店にいて、ゆっくりと表に出た。その間に、二、三組の客が来た。そこそこ繁盛《はんじょう》しているようだった。

見送りに出てきたお絹が、

「品川からの帰りにまた寄って下さいね」

と声をかけてきた。

紋三は黙って頷いて、来た道を戻るのであった。街道の水はけは良く、しばらく続いていたはずの雨が嘘のように乾いていた。

二

「茶屋町の『笹屋』……ですか。あっしは行ったことがありやせんが」

舞い戻ってきた紋三を、品川の半次は不思議そうに見た。

問屋場《といやば》も預かる半次は、十手《じって》持ちと二足の草鞋《わらじ》を履《は》いていることになる。品川の問屋場は計量吟味《ぎんみ》が厳しいのが有名だが、半次としては、紋三の門下でもあるし、御用の筋の方が心が湧《わ》く。

だが、近頃は、半次のお陰で、宿場の治安《ちあん》も良いらしく、これといって大事件はない。しかも、江戸町奉行とは支配違いだから、〝紅すずめ〟のような盗《ぬす》っ人《と》一味が程よい隠れ家としているのだ。だが、ここでは、江戸の岡っ引の紋三も大きな顔はできない。

「その『笹屋』って店が、どうかしたんですかい」

「驚くくれえ、鮨が美味えんだ」

「はあ？」

「忘れもしねえ。あの味はたしかに『鮨仙』と似てる。いや、同じなんだ」

「それが、どうしたってんです、親分……あっしはもう、江戸に帰ってると思ってやしたから、驚きやした」

「おまえが俺の子分になった頃には、もう『鮨仙』は店を畳《たた》んでたから無理もねえが、そりゃ、門前仲町ではちょいとした評判の店だった。それが、店を畳む直前には、江戸中に知られるほどの店になったんだ」

「へえ、そりゃ、大したもんですねえ」

半次が感心したように頷くと、紋三は首を横に振りながら、

「事件が起きてな。それで、名が知れ渡ったんだ」

と言った。

「――事件……」

「主人の名は、仙太郎《せんたろう》ってんだが、その頃はもう四十半ばを過ぎており、色恋沙汰《いろこいざた》とは無縁の年頃だった。もっとも女に惚れるのに年は関わりねえがな」

「その仙太郎が揉《も》め事で殺されたんですか」

「逆だよ。女を殺《あや》めたんだ」

「殺めた……」

言葉を繰《く》り返す半次に、紋三は頷いて、

「相手は、自分の子供くらいの女だ……お玉《たま》という、当時十六の娘で、富岡八幡宮《とみおかはちまんぐう》前の豆腐《とうふ》屋の看板娘だった。仙太郎の店にも、豆腐や厚揚げを届けてたので、顔見知りだったんだ」

「そんな娘を何故《なぜ》……」

「分からねえ。だが、仙太郎は人を殺めるような人間じゃねえ」

「どうして断言できるんです。事と次第では、人は仏にもなりゃ、夜叉《やしゃ》にもなる。いつも親分はそう言ってるじゃありやせんか」

「ああ。だが、仙太郎……いや、仙太郎さんに限って……」

紋三にとっては、兄弟子になる。十手持ちのことではない。同じ寺子屋の先生を通して、年こそ随分《ずいぶん》と違うが、読み書き算盤《そろばん》を習っていた頃が同じ。つまり、仙太郎は大人になって、子供に交《ま》じって学んでいたのだ。

「では、〝儒医〟の藪坂《やぶざか》先生の……」

「ああ、そうだ」

儒医とは、単なる医者ではなく、仁道《じんどう》を説《と》く儒者でありながら、医学にも通じている者のことをいう。藪坂清堂《せいどう》というのが、紋三の師匠であり、還暦《かんれき》を過ぎている今でも健在《けんざい》であった。

「てことは……仙太郎って人と、藪坂先生は同じくらいの年頃ってことで？」

「そういうことになるな。それはともかく、事件があったのは、もう十五年も前のことだ。俺が十手を預かって数年は経ってたが、まだ大岡《おおおか》様とも出会っておらず、門仲辺《あた》りを肩で風切って歩いてた頃のことだ」

紋三が遠い日になると、半次は不思議そうな顔になって、

「――それが、『笹屋』って店と何の関わりがあるんです。味が同じってことで、思い出したんですかい？」

「それぐらいのことで、品川まで戻ってくるか……何かある。そう思ってよ」

「その『笹屋』の主人に、ですかい……」

「ああ。俺の勘が違ってなきゃ、少なくとも十五年前の『鮨仙』の事件と何か関わりがあるんじゃねえかとな……店の名を聞いたとき、少しだけ目が泳いだんだ」

「だったら、素直に訊いてみれば……」

「おい。だから、おまえはまだ半人前だってんだ。事件には裏の裏、そのまた裏があるんだよ……俺は十五年前の、あの事件に戻ってみたいんだ」

紋三はしみじみと語った。


十五年前の雪の降る夜のことだった。

その頃は、〝べんがら小僧《こぞう》〟という盗賊一味が江戸を賑《にぎ》わしており、大店が次々と襲われていた。被害にあった店の者に、死者や怪我人《けがにん》こそ出なかったものの、どの店も数百両から千両という大金を奪われていた。

だから、町奉行所は昼夜を分かたず、厳しい警戒に当たっており、同心や御用聞きが大勢出廻っており、市中は物々しく、町人たちの間にも不安が広がっていた。

まだ若かった紋三も、巡廻役のひとりとして出廻っており、そんなときに立ち寄って、ちょいとつまむのが、『鮨仙』の握り鮨だった。張り込んでいるときに、包んで貰《もら》うこともよくあった。

そんな時――。

ある大店から逃げ去る盗賊と鉢合わせた紋三は、呼び子を吹きながら、ひとりで組みかかった。相手の黒装束《くろしょうぞく》は数人おり、しかも忍びのように素早く、短刀などの扱《あつか》いも慣れている。

腕っ節には自信があった紋三でも、到底《とうてい》、ひとりでは敵《かな》わなかった。だが、長目の十手で叩きのめしながら、賊のひとりを路地に追い詰めた。すると相手は、

「寄らば、斬るぞッ」

と武家言葉で紋三を恫喝《どうかつ》してきた。

「おまえは侍なのか？　なぜ、お武家が盗賊などをやるんでえ」

紋三は十手を突き付けたが、相手はそれには答えなかった。忍び刀をスッと抜き払うと、「やむを得《え》ぬ」と斬りかかってきた。

そこへ、紋三の呼び子を聞きつけた町方同心や捕方などがドッと押し寄せてきた。一瞬、怯《ひる》んだ賊に躍りかかった紋三は、鋭く十手を相手の方に打ちつけ、覆面を剝《は》ぎ取った。

すると、その賊は鋭く切り払いながら、

「このまま町方に摑《つか》まれば、武士の面目《めんぼく》は丸潰《まるつぶ》れ、主君の御家にもご迷惑がかかる」

と言いながら、カッと目を見開くと、潔《いさぎよ》く忍び刀を腹に突きたてて、悶絶《もんぜつ》しながらも十文字に切り裂いた。

「む……無念……」

賊は苦しみ喘《あえ》ぎながら、その場で息絶えた。


「その侍はシンガリ役となって、他の者たちを逃がしたんだろうな」

紋三は目《ま》の当たりにしたことを、昨夜《ゆうべ》、見たことのように話した。聞いていた半次も脂汗《あぶらあせ》を搔《か》くほどだったが、

「で……紋三親分。その賊と、『鮨仙』の主人の殺しとが、関わりあるんで？」

「まあ聞け……俺の前で割腹したのは、その二年前に改易《かいえき》にあっていた武蔵笹山藩《むさしささやまはん》の家臣であったことが分かったのだ。村上左内《むらかみさない》という者だ」

「武蔵笹山藩……？」

「ああ。小さいが、親藩なんだ」

徳川家を祖とする大名のことである。

「ああ。八代将軍吉宗公が、紀州《きしゅう》藩主から将軍になることを反対する一派だったのだが、とにかく荒々しい事件を起こしたことで、藩主は切腹の上、御家《おいえ》は取り潰された」

「そんなことが……」

「もっとも、親藩であることから、後に家臣たちの半数は色々な藩に再仕官させ、他の者たちも望めば、旗本や御家人《ごけにん》として、幕府が面倒を見てやったらしい」

だが、浪々《ろうろう》の身となった家臣たちも少なからずおり、その行方《ゆくえ》を探ることは難しいことであった。

門前仲町にも、武蔵笹山藩で、供番頭《ともばんがしら》として藩主に仕えていたという浪人がおり、紋三が当時、暮らしていた長屋に住んでいた。

「その人は、山室文兵衛《やまむろぶんべえ》といって、君主亡き後は傘張り浪人などをして暮らし、江戸に来てからは、妻とふたりで暮らしてたんだ。俺とはよく将棋を指してたよ」

「……」

「その頃、大岡越前様が、山室様と旧知だということで、長屋に訪ねて来たことがある。もちろん、町奉行であることを隠してな」

大岡は、山室との旧交を温《あたた》めた。山室はもう武士の堅苦しさが抜けて、自由な町人のようになっており、元は供番頭であった威風《いふう》などみじんもなかった。

「そのとき、大岡様は、『大店を襲っている〝べんがら小僧〟一味は、元は武士や忍びかもしれぬ。心当たりはないか』と訊いたんだ。山室様は、『この世知辛《せちがら》い世の中、盗賊の身に落ちた侍は憐《あわ》れだな』と同情の言葉を吐くだけで、自分はそうなりたくないと、大岡様に訴《うった》えたのだ」

遠い記憶を手繰《たぐ》り寄せるように、紋三はさらに続けた。

だが、そのときの山室様の顔や態度には、世捨て人には見せかけているが、険《けわ》しい目つきであって、本心は別にある――と紋三は感じた。だから、大岡に進言したのだ。何か重大なことを隠していると。

「紋三親分は……それで、大岡様と知り合ったのですか」

「まあ、最初はそういうことだ。山室の動きを見張っていてくれと、直々《じきじき》に言われて、俺は舞い上がった……けれど、俺の恩師である藪坂先生を、大岡様も儒者として尊敬し、世話にもなっていたらしい。後で、それが分かり、改めて俺に見張り役を頼んだのだ」

町奉行の大岡越前の命令ゆえ、紋三は一睡《いっすい》もせずに、山室の動向を探《さぐ》っていたが、特に怪しいところはなかった。盗賊と繋《つな》がりがあるとも思えなかった。

「だが、盗賊たちの動きは尚《なお》も治まらず、神出鬼没の賊に、大店の人々は怯《おび》えていたんだ。その動きたるや、まさに忍びではないかと思ってな、俺は色々と探ってみた」

「忍びだったんで……？」

「ハッキリとするまでに時はかかったが、とにかく、俺の目の前で切腹《せっぷく》した侍……村上左内、そして山室文兵衛とともに、武蔵笹山藩の三羽烏《さんばがらす》と呼ばれていた男が分かった」

紋三は神妙な顔つきになって、

「そいつは、駒形《こまがた》にある神道無念流《しんとうむねんりゅう》の町道場を開いていた藤村利右衛門《ふじむらりえもん》という、藩の剣術指南役で……」

「剣術指南役で？」

「その上、幕府に対して、御家再興《さいこう》の嘆願《たんがん》を続けていた武蔵笹山藩浪人たちの筆頭役だったんだよ」

「御家再興……ですか。そりゃ、また大儀《たいぎ》なことでしたな。願いは適《かな》ったのですか」

「いや。残念ながら……」

首を振りながら紋三は答え、膝《ひざ》を組み直して、

「その藤村利右衛門という侍の中間頭《ちゅうげんがしら》が……『鮨仙』の大将《たいしょう》、仙太郎だったんだ。

もちろん、鮨屋をやる前にな」

「ええ？　てことは……」

「おまえも察《さっ》したとおり、『鮨仙』は、武蔵笹山藩の溜まり場であり……謀反《むほん》の砦《とりで》とも言えたんだ」

「謀反……てのは、なんでやす。まさか、徳川家に弓を引くとでも？」

昔の話とはいえ、一瞬にして身が引き締まった半次は、ゴクリと生唾《なまつば》を飲んだ。

「そのとおりだ。武蔵笹山藩は、八代将軍が紀州家から出ることに反発していた急《きゅう》先鋒《せんぽう》だったからな。尾張《おわり》家とも繋がりがあったんだろう。裏の事情は、俺たち町人には分からないが、武蔵笹山藩の浪人たちにとっては、八代様を恨《うら》みに思ってたのかもしれねえ」

紋三はしみじみと語ってから、結局、藩は改易《かいえき》になったまま、御家が再興することもなかったと言った。

「で……『鮨仙』の主人が、豆腐屋の看板娘を殺したことと、どう繋がるんで？」

「そこんところが……」

珍しく曖昧《あいまい》に答えた紋三に、半次は膝を進めて、

「どうなんでやす？」

「うむ……お玉は、きっと余計な話を聞いてしまったんだろうな……」

「まさか、口封じに⁉　御家再興のために、関わりない町娘を殺したんでやすか！」

「――お白洲《しらす》で、仙太郎は年甲斐《としがい》もなく横恋慕《よこれんぼ》して、お玉に袖《そで》にされたから、カッとなって殺したと言ったがな……武蔵笹山藩の砦だと分かったとたん、世間ではそう噂した……俺も、そう思ったよ。だから、この手で、仙太郎を……よく知ってる仙太郎さんを、この手で、お縄にしたんだ」

その時の、妙に満足そうな仙太郎の表情を、紋三はよく覚えていた。

しんみりと聞いていた半次は、改めて紋三の顔を見つめ直し、

「けど、親分……そんな昔話を『笹屋』って店で、思い出したからって、うちに戻ってきたわけじゃねえですよね」

紋三は苦笑して、

「俺にも分からねえ。だが、笹山藩に、笹屋……なんとなく引っかかったし、何しろ『鮨仙』と同じ鮨飯の炊き方にもな……」

と言うと、半次は納得したように頷き、店の主人の素性《すじょう》を探ってみると約束した。

「頼んだぜ。俺はまた通りすがりのふりをして、『笹屋』を訪ねてみるよ」

三

「これは、どうも。お待ちしておりました」

暖簾《のれん》を分けて入ると、笑顔の女将が懐《なつ》かしそうに近づいてきた。昨夜来たばかりなのに、旧来の知人のような扱いに、紋三自身が戸惑ったくらいだった。

だが、主人の方は相変わらず仏頂面《ぶっちょうづら》で、不機嫌極まりない態度で、トントンと俎《まな》板《いた》を叩《たた》く包丁の音も苛《いら》ついているようだった。

「昨日の鮨や煮魚なんぞを、また食いたくなってよ」

「わざわざ、ありがとうございます」

「でも、今日は高輪の木戸が閉まるまでに帰らなきゃならないんで、ゆっくりできねえけどな。ハハ、楽しみだなあ」

紋三はすぐ、刺身をみつくろって貰い、穴子や鮃の煮付けや貝の焼いたのを食べた。今日は燗酒《かんざけ》を少しだけ舐《な》めた。

暖簾を出したばかりだから、まだ客は来ていない。だから、昨日の続きの身の上話を、さりげなく持ち出した。そんな紋三を、チラリと見た新吉は、

「――旦那の方こそ、どんな商売で？」

と訊いてきた。

「俺かい……何処にでもある太物問屋《ふとものどんや》の番頭だよ」

「番頭さんでしたか。どちらの」

「神田《かんだ》だ。佐久間町《さくまちょう》のな。だが、小さな店だから、番頭ってもまったく偉かねえ。ただ古株なだけで」

「へえ。よろしかったら、店の名を」

「『相模屋《さがみや》』だ。あの界隈《かいわい》じゃ分かると思うがねえ」

知り合いの店の名をとっさに出した紋三を、また新吉はチラリと見て、

「さいでしたか……とても商売をしている人には見えませんでしたので……てっきり職人さんかと思いやしたが、手先なんぞを見ていると、そうでもなさそうだし……」

「さすがは鮨屋の大将。同業者ならば、すぐに分かるらしいですな」

「ええ、まあ……旦那は見当がつかなかったんで、余計なことを。相済《あいす》みません」

昨日とは打って変わって、口数が増えた。

その物言いで、紋三は元は侍だなと感じていた。

岡っ引稼業《かぎょう》というものは、武家や町人、百姓という様々な身分はもとより、時には

公家や僧侶から、色々な職人、物乞いの類《たぐい》まで無数の人と関わるものだ。自《おの》ずと、

——人の匂い。

というのを感じるようになり、一見して、どんな暮らしぶりで、如何《いか》なる人生を送ってきて、内面がどうであるかが分かる。

目の前で料理を作っている男は、何らかの重い過去を引きずっており、それをひた隠しにしているに違いないということを、紋三は強く感じていた。

「この店を出す前は、何をしてたんです、大将は」

紋三がさりげなく訊くと、新吉は俎板に目を落としたまま、

「ま、いいじゃありやせんか。そんなふうに、あれこれ訊かれても、人様に話すほど立派なことはしてませんから」

「いや、これは失敬。けれど、昨夜、食べた『鮨仙』の味とそっくりだったのには、感心したもんでね。江戸にはいなかったって言ったから、何処で修業したのかなって」

「誰でもやってることです。酢ってなあ、結構、高いもんですからね、うちのような店じゃ、塩水で工夫するしかないんです」

「ああ、なるほど……」

酷《ひど》い店だと海水に水を混ぜて、炊き込んでいる所もあるという。その事情が本当か

嘘かは知らないが、紋三はそれ以上、新吉の昔を剔《えぐ》るようなことはしなかった。ただ、昨夜と同じように、美味い美味いと褒《ほ》めながら、たらふく食べるのであった。

「今度、品川に来るときには、また寄らせて貰うよ。いや、この鮨を食うためだけに来てもいいなあ。今度は、手代らも連れて」

笑って金を払って、紋三が店を後にしようとすると、入れ替わるように、血相を変えた若い女が飛び込んできた。まだ十六、七の若い娘だった。

すれ違い様に紋三の肩に当たったが、表に出ると、ならず者が三人ばかり、店の方に駆けてきていた。

どうやら、娘は追われているようだった。

紋三は店の表から、さりげなく見ていると、ならず者は中に乗り込んで、

「逃げたって無駄だぜ、おい。おまえの体は、うちの店の商品なんだからよ。ちゃんと、ほれ。おまえの親父《おやじ》と交わした証文もある。大人《おとな》しく来やがれ」

と罵声《ばせい》を浴《あ》びせるように言った。

「およしなさいなッ」

お絹が娘を庇《かば》って立った。

「毎度、毎度、お騒がせな人たちだね。これ以上、女を苦しめると、お上《かみ》に訴え出る

よ。それでもいいのかい」

啖呵《たんか》の切り方は、さほど様にはなっていないが、よくあることのようだった。

この界隈も「茶屋町」とは言いながら、品川宿の旅籠同然に、身売りをさせる店もあった。宿場の飯盛り女よりも安女郎がいるので、それなりの客はいる。だから、茶店の中には、近在の村娘を買ってきて、商売をさせている所もあったのである。

「おいおい。〝女駆け込み寺〟にでもなったつもりかい、女将」

ならず者たちは乱暴にお絹を押しやって、娘を連れて行こうとした。

その顔に、ピッと爪楊枝《つまようじ》が飛んできた。

「痛《いた》ッ。何、しやがる！」

目の辺りを庇いながら、ならず者の兄貴格が怒声を発した。

「どうせ、借金の形《かた》に連れてきた娘だろう。その借金も、おまえたちが賭場《とば》かなんかでハメて作らせたものじゃないのか」

新吉はゆっくりと厨房から出て来て、三人のならず者を店外に出るように言った。だが、兄貴格は、「しゃらくせえ」と新吉に突っかかった。その腕をガッと摑んで捻《ひね》り上げ、そのまま表の通りに投げ倒した。

「ふ、ふざけやがって！」

他のならず者たちは、すぐさま匕首《あいくち》を抜き払って、突きかかった。しかし、新吉はその者たちの腕もガッと掴むや、物凄《ものすご》い力で捻った上で、ゴキッと肘《ひじ》を折った。

「ひええ……痛え、痛え……！」

悲鳴を上げて転がるならず者らに、新吉は吐《は》き捨てるように、

「二度と近づくな。つまらない了見《りょうけん》を起こすと、今度は……殺すぞ」

と鋭い目つきで言った。

殺すぞ、という言い草が、冷ややかでゾッとするほどだった。

どうやら、この手の揉め事に、新吉とお絹夫婦は日頃から関わっているらしい。それゆえ、助けを求めて駆け込んでくる者が次々といるようだ。

それにしても、後先を考えずにやれば、仕返しもあるであろうに、新吉は平然とならず者を追っ払った。

そんな様子を――紋三は少し離れた所から見ていた。が、新吉の方も紋三の姿に気づいた。

「お強いんですね……」

紋三は軽く頭を下げたが、新吉はほんの一瞬、視線を投げかけただけで、店に戻った。暖簾の奥では、お絹が震《ふる》えている娘を抱きとめている姿が見える。

やがて、扉が閉められた。

「…………」

しばらく佇《たたず》んでいた紋三は、『笹屋』には、やはり何かある。しかも、自分が関わった十五年前の『鮨仙』の事件と繋がっていると、確信が胸の中に広がってきた。

四

門前仲町に戻った紋三は、直《ただ》ちに『鮨仙』のあった場所を訪ね、その当時のことを調べ直してみた。

娘が殺された豆腐屋は、事件があった頃にたたんでおり、主人夫婦も何処か他の土地に行った。娘が悲惨《ひさん》なことに巻き込まれた所にはいられなかったのだ。その後、どうなったかも、知る人はいない。

門前仲町に長らく住んでいる住人の中には、お玉が殺された事件を覚えている者はいたが、外から来た者たちは知る由もない。十五年の歳月が、凄惨《せいさん》な事件を風化させていたのだ。

当初は誰が殺したか分からなかった。

可愛らしい看板娘でもあるし、あちこちから嫁にと引く手数多《あまた》だった。それゆえ、横恋慕する男も多かったから、本当の下手人が誰か分からなく、下手《へた》をすると〝くらがり〟に落ちるかもしれなかった。迷宮入りするということである。

表参道も次々と新しい店ができて、すっかり様変わりしている。まだ紋三が駆け出しの頃のことなど忘れ去られていた。

「なんだ、紋三……珍しく昔のことを憂えているそうではないか」

紋三の家に顔を出すなり、伊藤洋三郎《いとうようざぶろう》が曰《いわ》くありげに声をかけた。本所廻《ほんじょまわ》り方の同心であるが、いつも紋三から手柄《てがら》を分けて貰っているような役人だった。

「先刻《せんこく》、鞘番所《さやばんしょ》で調べてきてやったよ。『鮨仙』のことだろ？」

鞘番所とは、本所深川での事件を扱う大番屋のことだが、併設《へいせつ》している牢部屋が鰻《うなぎ》の寝床《ねどこ》で、しかも刀の鞘のように細長いから、〝鞘番所〟と呼ばれている。そこには、過去の事件帳も残されているから、伊藤が気をきかせて、調べたというのだ。

「なんでまた、伊藤の旦那が……」

「なに、お光《みつ》がな、品川から帰ってきたおまえの様子が、なんだか妙だ……って心配してるから、将来の婿《むこ》としてはだな、力添えしようとしたってわけだ」

お光とは紋三の妹で、たったひとりの肉親である。嫁もいない紋三に、まるで恋女房のように身の回りの世話をしている。

「誰が将来の婿ですって？」

「ま、まあ……それはいいじゃないか。俺とおまえの仲なんだから」

「お光は、旦那にだけは差し上げません」

「差し上げませんて、おまえ、物じゃないんだから、どうなるか分からないだろうが。お光の気持ちだって、あるだろうし」

「肝心《かんじん》のお光が嫌がってやす」

紋三はキッパリと押しやるように言ったが、伊藤は話を変えて、

「その事件のことだがな、下手人はおまえがお縄にしたそうじゃないか。駆け出し同然だったのに、大したもんだ」

「………」

「俺はまだ、その頃は、見習い同心にもなってないから、まったく覚えてないが、残されてた事件帳や捕物帳によれば、『鮨仙』の主人・仙太郎が、豆腐屋の娘……」

「自分が扱った事件ですから覚えてやす。それより、旦那……」

「まあ聞けよ、紋三。もしかしたら、おまえの間違いだったのかもしれないんだぜ」

伊藤は忌々《いまいま》しげな、いつもの顔つきになった。紋三には衝撃だった。実は、心の奥

で澱《おり》のように残っていたものを、伊藤がいとも簡単に掬《すく》い上げたからである。

「間違い……」

「ああ。つまり、おまえは無実の人間を捕らえて、刑場送りにしたってわけだ」

「！……」

「そこまで言うのは酷《こく》かもしれぬな。おまえは上役《うわやく》の同心に従って捕縛しただけで、その後、吟味方《ぎんみがた》が調べ、最後は南町奉行の大岡様が裁断《さいだん》したのだからな」

人の弱みを突くのが好きな伊藤らしい言い草《いぐさ》だが、紋三は忸怩《じくじ》たるものがあった。

「人違いだった……という根拠《こんきょ》はなんなんでやす？」

「たしかに、仙太郎って主人は、自分がやったと自白《じはく》している。捕物帳にもそう書かれてある。お白洲でも証言している。しかしな、刺し殺した凶器は見つかってないし、他の証人もいないし、殺した動機も分からない」

「………」

「つまりは、白状したことだけに頼ってるってことだ」

伊藤は日頃から、自白こそが一番の証拠だと言っている。だが、自白が一番危険で、客観的な証拠がなければ、冤罪《えんざい》を生むことになると主張しているのは紋三の方だ。そのやりとりは、嫌になるほど繰り返してきた。

しかし、今、十五年も前の事件のことで、紋三が伊藤に責められている。

「旦那……何を言われても驚きやせん。もっと他に知っていることがあるなら、聞かせておくんなさい」

「おや。紋三親分にしちゃ、やけに殊勝《しゅしょう》な」

「実はね、旦那……俺は、品川に出かけてから、妙な感じがしてならないんでやす」

「盗賊の〝紅すずめ〟を追っていったそうだな」

「へえ……その盗賊一味の行方も分かりませんが、とにかく、時が昔に戻ったみてえで、なんとも奇っ怪な気持ちなんですよ」

「それは、あれだ」

「あれ……？」

「逢魔《おうま》が時に、鬼か魔物に取り憑《つ》かれて、変になってしまったのだな」

「あっしが……」

「紋三大親分も人の子だってことだ。いつも、御用御用で休むこともないから、疲れてるのではないか……と、お光が案じておったぞ。どうだ、しばらく俺に預けてみぬか」

親切心とは縁のないはずの伊藤が、なぜか紋三を助けようとしている。それが気持ち悪くて仕方がなかった。

「そんな変な顔をするなよ、紋三……この俺様が、おまえさんが迷い込んでいる、謎って奴を解《と》いてみせるからよ」

なんとも不思議な心持ちだったが、紋三は言葉を返す元気もなく、妙な焦《あせ》りだけが体中に広がってきて、伊藤に委《ゆだ》ねるしかなかった。こんなことは、かつて一度も感じたことのない紋三であった。


その夜、ドンドンと表戸を叩く音がした。

すっかり夜が更《ふ》けているから、事件かと思ったが、激しく打ち鳴らすわけではない。静かに、密《ひそ》かに訪ねてきた雰囲気だった。

まだ行灯《あんどん》は消してなかった。

お光がそっと、覗き窓を見ると、外には誰もいない。

「すみません、お光さん……腹が痛いんで、ご不浄《ふじょう》を貸して頂けやせんか」

「誰です……?」

「俺です。市助《いちすけ》です、へえ」

市助というのは、近頃、紋三の家に出入りしている下っ引である。元々は、〝十八人衆〃のひとり、愛宕《あたご》の丑松《うしまつ》の下《もと》で働いていたのだが、丑松に輪を掛けたようなオッチョコチョイのバカなので、紋三が預かることになったのである。

もっとも住み込みではない。近くの長屋に住んでおり、小遣《こづか》い稼ぎのために、自身番の番人の下働きや町内の溝浚《どぶさら》いや塵芥《じんかい》集め、町火消しの手伝いなど、何でもやっている。

「自分の長屋まで我慢《がまん》できないのかい」

「す、すみません……」

仕方なく、お光が扉を開《あ》けると、市助はその場で突き飛ばされて昏倒《こんとう》し、ドッと数人の黒装束が押し入ってきた。

「!?――」

声を上げる暇もなく、お光は黒装束に羽交い締めにされ、口を押さえられた。

そして、最後に入ってきたのは、鮮《あざ》やかな紅色装束だった。

――紅すずめ……！

お光はそう思ったが、口に出すことはできなかった。

「紋三親分のお宅ですよねえ」

紅すずめの顔は覆面で目しか見えないが、明らかに女の声だった。

「私ら、盗みはすれども非道はせず……だから、怪我のひとつもしないから安心おし。でもね、紋三だけは特別だ」

どういうことなのか、お光には理解できなかった。

「兄ちゃんが、何をしたと……」

抗《あらが》って訊《き》こうとしたが、口を押さえつけられ、お光は身動きが取れなくなった。

そこへ、紋三が奥から現れた。

だが、まるで〝紅すずめ〟が来ることが分かっていたかのように、妙に落ち着き払った声をかけた。

「ようやく姿を現したな、〝紅すずめ〟……おまえたちは、金持ちから金を盗んでは、貧しい者たちに金をばらまく義賊だそうだな。俺はそういう連中は嫌いじゃねえ」

「おや。岡っ引が盗っ人を庇うってか？」

「心がけはいいが、手段は間違ってる。そうは思わないか」

「ちっとも……本当なら、ご公儀が率先《そっせん》して、することじゃないかねえ」

「ご公儀が……」

「そうさね。百姓や町人から金を吸い上げといて、幕府財政だけのために使うってのは、如何《いかが》なもんですかね。だから、私たちが代わりに、やってやってんのさ」

〃紅すずめ〃頭目《とうもく》の女が御託《ごたく》を並べているのを、紋三は黙って聞いていたが、お光には手を出すなと伝えた。

「話なら聞いてやる。何が望みだ。わざわざ俺の家まで押し込んだのだから、用件があるのだろう……ふむ。岡っ引と盗っ人が膝を突き合わせて話すってなア前代未聞だが、俺は嫌いじゃやねえぜ」

肝《きも》はドンと据《す》わっている。自分の命が惜《お》しくないといえば嘘になるが、事と次第では捨てる覚悟がある。今でもそうだ。お光に何か危害が及ぶならば、死を選ぶ。

その覚悟を見抜いたのか、

「さすがは紋三親分……では、私とサシで話し合うってなあ、どうです」

と言った。

「面白い。いいだろう」

「ですが、私を捕らえようなんてすれば、可愛い妹さんが、どうなっても知りませんよ。それくらいの用心はさせて貰うよ」

紋三は仕方がないと頷いた。

五

富岡八幡宮の境内《けいだい》にある灯籠《とうろう》を挟《はさ》んで、紋三と〝紅すずめ〟は背中合わせで立った。差し向かいではなく、顔を見せずに話すのだ。

「――妙な塩梅《あんばい》になったもんだ……」

紋三が声をかけると、〝紅すずめ〟は何がおかしいのか、喉《のど》を鳴らして笑った。

「ほんとよねえ……江戸で一番の岡っ引と、盗賊の頭《かしら》が仲良く……もし世間に知られたら、まずいんじゃないですか」

「そっちが誘ったんだ。用件を聞こうか」

「念を押しますけどね、変な真似《まね》はしないで下さいよ」

「約束したはずだ」

「そっとしておいて欲しいんですよ」

「何をだい。おまえたちのことを、黙って見逃せってか」

紋三は背中を向けたままにしていた。が、いつの間に着替えたのか、着物姿の女が紋三の前に廻ってきた。

その顔を見て、紋三はアッと目を見開いた。

まったく気づかなかった。〝紅すずめ〟の装束で、声がくぐもっていたのか。いや、声色を巧《たく》みに使ったのであろう。

「――おまえは……『笹屋』の女将のお絹……」

「驚きましたか」

「あ、ああ……俺としたことが……」

思わず前に進み出た紋三から、ひょいと後ずさって、お絹は真顔《まがお》になった。

「二度と、『笹屋』には来ないでくれませんかねえ、親分さん」

「一体、どういうことでえ……」

まるで妖術にでもかけられたような気分になってきた。だが、わざわざ顔を晒《さら》してまで、紋三の前に〝紅すずめ〟が現れたということは、何か取引をしたいに違いない。

紋三はそう察した。

「どういうことでえ……」

もう一度、紋三は聞き返した。

「品川の『笹屋』に来たのは、本当に雨宿りだったんですか？」

「ああ、そうだ」

「そうですか……私はてっきり、紋三親分が私を捕らえに来たと思いましたよ」

「俺の顔を知ってて、招き入れたのかい」

「いいえ。本当に俄雨《にわかあめ》に祟《たた》られて困っている人と思っただけですよ。でも、店の中に入れてから、ハッとなりました……紋三親分の顔は、私ら盗っ人仲間で知らない者はいないくらいですからねえ」

お絹の言葉を喜んで良いのか悪いのか、紋三は戸惑った。だが、人殺しや盗っ人と丁々発止《ちょうちょうはっし》と渡り合ったり、一対一で腹の探り合いをしたことは数知れない。目の前の女が盗賊の頭だとしても、紋三にとっては、怖《おそ》れるに足《た》らぬ相手だった。

ただ、たまさか立ち寄った飲み屋の女将が、自分たちの探し廻っている盗賊の頭とは思いもよらなかった。

「てっきり、私のことを調べ上げて、立ち寄ったと思ったけれど……親分は違うことを話し始めた……うちの人の昔を探るようになった……」

「…………」

「二日目に来たときには、もう確信しました。何を調べてるのかは知りませんが、うちの人を探ってるってことは……」

「…………」

「ええ。私にも手下がいますからね……上手《うま》いこと尾《つ》けさせました……そしたら、品川宿の半次親分の所に戻った。そして、うちのことを調べさせた」

滔々《とうとう》と話すお絹に、紋三は不覚だったと思ったが、短い溜息《ためいき》をついて、尋ね返した。

「『笹屋』に来るなとは？　わざわざ、俺の前に現れるとは……主人の新吉にも、やはり何かあるんだな。そうなのか」

「………」

「夫婦して、盗賊をやってるのか」

お絹は首を振って、

「いいえ。亭主は、私の素性を知りません」

と断言した。だが、紋三は真顔のまま、お絹を凝視して、

「俄に信じられないがな」

「——あの人は、私を助けてくれた人なんです。命の恩人なんです」

「命の恩人……」

「だから、今度は私が助けてあげたいんです」

「………」

「紋三親分に睨《にら》まれたら、早晩、摑まるのは目に見えている。だから、私はふたりし

て逃げようとも考えたけれど、一緒に逃げたら、今度は、新吉さんが私の仲間だと疑われてしまう。だから……」

どんな手段を使ってでも、お絹は亭主を守りたがっているようだ。だが、紋三は少しずつ、事情が分かってきて、

「新吉の昔を穿《ほじ》るなってことだな」

「はい……」

「虫のいい頼みじゃないか……おまえは、新吉がその昔、やらかしたことを知ってるのかい」

「ですから、知りません。知らないけど、守りたいんですよ」

「夫婦なのに、お互いの昔は知らない。それどころか、女房が盗賊一味だってことも知らないってのかい」

「そのとおりです」

「それで、夫婦と言えるのかねえ」

「何でもかんでも知らなきゃいけませんかね……あの人は命の恩人、そして亭主になって、平凡に暮らしている。昔のことがどうであれ、新吉さんは、新吉さんなんです」

僅《わず》かだが目が燦《きら》めいた。本気で亭主を守りたいという気持ちは、紋三にも分かった。しかも、お光が人質になっている。脅《おど》しに屈するのは嫌だが、大切な妹の命には替えられぬ。

「――分かったよ……その代わり、ふたりして、何処か他の土地へ行きな」

「………」

「俺が黙ってても、誰かが追い詰めるかもしれねえ」

「紋三親分が触れるなと仕切ってくれれば、半次親分だって……」

「勘違いをするねえ。俺の子分たちは、何でも言うことを聞くわけじゃねえよ。てめえの頭で考え、てめえの信念で動く……おまえたちは、何処かへ消えてくれ。そしたら、俺も忘れるだろうよ……目の前にいたら、どうでも捕らえなきゃ、なるめえ」

紋三が語りかけるように言うと、お絹は背を向けて、灯籠の反対側にいった。しばらくして気配《けはい》が消えたかと思うと、煙のように姿もなくなっていた。

翌日――血相《けっそう》を変えて、半次が紋三の家に駆け込んできた。

遠路遥々《えんろはるばる》には違いないが、品川から深川までは船を使うこともできる。迎え出たお光に、ろくすっぽ挨拶《あいさつ》もせず、

「親分は……親分はいやすか」

と上がり框《がまち》に座った。

お光は台所の水甕《みずがめ》から水を汲《く》んできて、その湯飲みを半次に差し出した。ぐいぐいと飲み干してから、

「正体が分かったんですよ……ええ、〝紅すずめ〟の正体がッ」

「そうなんですか。でも、兄ちゃんは今朝から出かけたままで……もうじき帰ってくるとは思うんだけれど」

「何処へ出かけたんで？」

「南の奉行所です」

「もしかして、親分は先に〝紅すずめ〟のことを掴んだんですかい」

「いいえ。実は……十手を返上《へんじょう》しにいったんです。大岡様に」

十手返上とは深刻な事態のはずだが、お光はさらりと言ってのけた。

「ええッ。どういうことです。なんで親分は、そんなことを」

「私にもよく分かりません。でも、言い出したら聞かない人ですから」

詳しい事情は知らないのは確かだが、昨夜のことが原因だということは、お光は承知していた。自分の命と引き替えに、〝紅すずめ〟を見逃したことは、お光自身も負

い目に感じていたからである。

理由はどうであれ、咎人の言いなりになったのは、十手持ちとしてやってはならないことだと、深く悔いているのだ。その気持ちを、お光は理解していた。

もちろん、その話は半次にはしない。が、何をか察したのか、

「南町奉行所でやすね！　そうなんですね！」

念を押して訊くや、表に飛び出して韋駄天《いだてん》で突っ走った。

見送ることもなく、その場にペタリと座ったお光は、深い溜息をついて、

「――兄ちゃん……」

と呟《つぶや》いた。そして、心の中で、紋三がやることには口出しをせず、すべて信じているからと改めて決意した。

六

数寄屋橋門《すきやばしもん》内にある南町奉行所の表門。

紋三が出てきたところを、待ち伏せていた半次が駆け寄った。

「親分。本当ですかい、十手返上って……！」

心配顔の半次は責め立てるように、

「訳をお聞かせ下せえ。でねえと、俺《おら》アまったく承知できねえ。他の〝十八人衆〟だって、理解出来ねえと思いやすぜ」

「まあいいじゃねえか」

「冗談じゃねえや。こちとら、親分に命賭けてきたんだ。伊達《だて》や酔狂《すいきょう》で十手を持ってんじゃありやせんぜ」

「分かってるよ……ちょいと、その辺りで一杯どうだい」

紋三の一杯は、お汁粉《しるこ》かぜんざいに決まっているが、半次は付き合うことにした。どうでも納得できなかったからである。

江戸城の堀端《ほりばた》には、大名や大身旗本の登城行列を見るための茶店が設《しつら》えられている。朝の刻限だけに看板を出している所もあるが、常設もある。

「親分……いくら甘党だからって、いっぺんに五杯は食い過ぎでしょう」

奥の小上がりに陣取って、真っ昼間から、むさ苦しい男がふたりで甘い物とは、端から見て胸焼けするだろう。

「そうかい？　まだ足りねえがな」

食べるというより飲み干している紋三の姿を見て、一体、何を考えているのだと、半次は呆《あき》れていた。

十手を返上した理由を聞いて、半次は一度は納得したものの、幾つか納得できないことがある。本当に〝紅すずめ〟を逃がすつもりなのか、あれほど拘《こだわ》っていた十五年前の事件をうやむやにするつもりなのか。そして、今後、御用を辞めるのか。

「そりゃ、返上したからには辞めるよ。だが、事件に首を突っ込むかどうかは、俺の勝手だろうよ。しかしな……正義面《づら》して、十手を振り廻すわけにはいかねえな」

「今までだって、必ずしも正義を大上段に振りかざしてなかったじゃないですか。ただ人を人と思わぬ悪い奴は許せねえ。それで充分《じゅうぶん》じゃないですか」

「だな……しかし、咎人を見逃しちゃ、御用の筋からは外れてらあな」

「でも……」

「それに、俺はおまえに話した『鮨仙』の一件についてな……どうやら、大きな間違いをしてたようなのだ。無実の者をお白洲に送ってしまった」

「ええ？」

「つまり、端《はな》から躓《つまず》いてたんだ。にも拘《かか》わらず、長年、一端《いっぱし》の御用聞きのつもりでいて、どうにもやりきれなくてよ」

「そんな……何をぐだぐだと、親分らしくねえ……」

半次は酒を飲みたかったが、ぐっと我慢をして、紋三の前に座り直した。

「これからのことは、あっしが勝手に喋《しゃべ》りやすから、聞いてやって下せえ。親分に命じられたままに、すぐに調べてきたんですからね。いいですかい」

今度は、草餅と茶を頼んだ紋三の顔を、半次は凝視して、

「――〝紅すずめ〟は……親分がたまさか立ち寄った『笹屋』の女将だったんです」

と言った。

「だから、百も承知だよ」

「へえ。ですがね、お絹って女が、そもそもどういう女か、ご存じですかい？」

「いいや。昨夜、初めて会ったんでな……店に行ったから、三度目か」

「冗談はいいですよ」

強面の半次が、紋三でもぞっとするくらい真顔になって、

「あいつは、品川の旅籠で働いていやしたが、元々は小田原城下の小さな飲み屋の娘だったんでさ」

「そうなのかい……」

「ですが、親父が酷い男で、博奕《ばくち》はするわ女に入れ上げるわで店を潰した。お絹は平《ひら》塚《つか》の女郎宿に売られそうになったが、必死に逃げて辿《たど》り着いたのが品川宿。けれど、

借金取りに追われて摑まり、連れ去られそうになったところを、あの店の主人に助けられたんでさ」

「だから、命の恩人か……あの新吉が」

納得したように紋三は頷いた。

だが、疑問も残る。お絹がいつ盗っ人になったか、ということだ。お絹の話では、亭主の知らぬこと。女郎になり損ねた女が、腕利きの女盗賊とは合点がゆかぬ。

半次も同じ疑念があったが、それを解く鍵はやはり亭主にあると踏んでいた。

「新吉の本当の名は、藤村利右衛門という侍で……武蔵笹山藩の剣術指南役だったんでやしょ？」

「ああ……。〝ぶつくさ〟の旦那もなぜか調べててな。不思議だな……遠い昔のことなのに、俄に嫌な気分になってきたぜ」

胸焼けがするほど、甘いものを食べたからではないのかと、半次は勘繰ったが、紋三は平気な顔で、

「それにしても、こんなに早く……おまえ、一体、何処で調べたんだ」

「あっしは元は、やくざ者ですんでね。今でも色々と……」

「そうかい。だったら、『鮨仙』のことも調べはついただろう。仙太郎も元はその筋

の者だった。だから、年を食ってから、俺と同じ藪坂清堂先生の寺子屋に通ってたんだ」

紋三は懐かしそうに目を細めて、

「人間、いつだって立ち直れる。遅いってことはねえ。だから、笹山藩の藤村様の中間にまでなれた……そこから鮨屋になったが、それがまた因縁《いんねん》というやつだな」

と、ぼやくように言った。

幕府に謀反を起こす主軸となった藤村利右衛門が、浪人になった後、仙太郎を頼ったがために、思わぬ凶事《きょうじ》に巻き込まれたといっても過言ではあるまい。

「その藤村が……剣術指南役だかなんだか知らねえが……その頃、江戸を騒がしてた〝べんがら小僧〟の元締めだと聞いても、親分は驚きやせんか？」

「――なんだと……」

紋三は仰天したが、さもありなんとすぐに感じていた。当時のことを思い出せば、不思議ではない。

「その頃……〝べんがら小僧〟は、浅草《あさくさ》、諏《す》訪町《わちょう》、黒船町《くろふねちょう》、八幡町《はちまんちょう》、森《もり》田町《たちょう》など……概《おお》ね大川沿いを狙ってた。船で逃げることができるからだ。川を下って海に出て、そのまま品川に来たんでしょう。高輪の大木戸を抜けなくて済むからな」

「なるほど……」

「俺は、足の裏に肉刺《まめ》を作りながら、賊を追ってたが、その時は、武蔵笹山藩と〝べんがら小僧〟に繋がりがあるとは、思ってもみなかった……」

苦々しい顔になった紋三は、さらに当時のことを思い出して、

「その頃、腕利きの隠密廻り同心がいて、俺はその人とともに、賊を追ってた。岩瀬《いわせ》兵庫《ひょうご》って方だった。あるとき、追い詰めたんだが、今度は村上左内のように切腹なんぞせず、次々とこっちを殺しにかかってきた」

「殺しに……」

「ああ。そいつらは、明らかに南伊賀《みなみいが》の百地衆《ももちしゅう》に繋がりがある者だと、岩瀬様は見抜いたんだ。武蔵笹山藩が百地衆を雇《やと》っているのは、よく知られたことだった。幕府に従ったほとんどの伊賀者とは袂《たもと》を分かってたな」

南伊賀といえば、北伊賀の服部《はっとり》とは反目《はんもく》しており、尾張徳川家に仕《つか》えていた。しかも、供番頭の山室文兵衛は尾張藩にいた頃は、御土居下《おどいした》同心とは別に、市中警護として百地衆を暗躍《あんやく》させていた時期がある。

戦国は遠い昔である。それどころか、八代将軍が吉宗になってから、尾張徳川家と紀州徳川家の対立も、表向きはなくなっている。伊賀者もお錠口《じょうぐち》の添番《そえばん》や門番など

をしているだけで、忍びの者としての牙は抜かれているも同然だ。

「——忍びの中には、それが不満で、町人相手に盗みをしている者もいると聞く……そんな百地衆を集めて、山室は盗みをさせていたんだよ」

「…………」

「謀反の資金集めとしてな」

その話を紋三から聞いていた半次も、思い当たる節があった。

「だから、岩瀬様はそのひとりを捕らえて、吐かせようとしたが、仲間の助けがあって逃げられてしまった……俺は愕然《がくぜん》としたよ……同じ長屋に住んでた武蔵笹山藩浪人の山室様が、その仲間だってことにな」

「山室って人は、どうなったんで？」

「盗っ人〝べんがら小僧〟の頭領として、捕縛されたよ。そして、小塚原《こづかっぱら》で獄門だ……けど、最後の最後まで、武蔵笹山藩の元藩士とは語らなかった」

「ただの盗賊として死んでいったと？」

「そういうことだ……そんな時だよ。豆腐屋の娘、お玉が殺されたのは……」

紋三がさらにおしるこを頼んだとき、ぶらりと入ってきた伊藤が、

「むさ苦しいな……よう半次、久しぶりじゃねえか」

「旦那もまだ同心をやってたんでやすね」

「うるせえ」

伊藤は子供のように言い返してから、紋三に向かって、十手を差し出した。

「――これは受け取れないとよ」

「え……？」

「お奉行が自ら、俺に渡せと言われた。今し方のことだ。なに、おまえたちがこの店に入るのは、門番が見てた」

「返して貰うわけにはいきやせん」

丁重《ていちょう》に紋三は断ったが、伊藤も半ばムキになって、

「いいから、受け取れ。俺が悪者になるではないか。実はな……お奉行所に、茶屋町『笹屋』の新吉って男が、畏《おそ》れながらと名乗り出て、おまえを救ってやって欲しいとさ」

「…………」

「俺には意味が分からないが、とにかく、ほれ……その代わり、後で、お白洲には付き合えとのお達しだ。大岡様直々にだ」

紋三には俄に苦いものが込み上がってきた。本当に畏れながらと赴《おもむ》いたのか、もし

かしたら、何か別の狙いがあるのではないかという不安が、胸の中に広がった。

七

茶店を出ると、紋三は一旦、奉行所に立ち寄り、その足で高輪の大木戸を抜け、品川宿の方に向かった。もちろん、『笹屋』に出向くためである。

暖簾が海風に吹かれて、ひらひらと揺れていた。

声も掛けずに店の中に入ると、吃驚《びっくり》したように、お絹は立ち尽くした。

紋三と一緒に半次の姿もあるので、お絹はいよいよ最後だという悲痛な顔になって、唇を嚙みしめた。そして、押し殺した声で、

「親分さん……約束したじゃないですか……それとも、私みたいな女とじゃ、できないってことなんですか」

「そうじゃねえ、お絹」

静かに店内を見廻しながら、紋三は声をかけた。

「――新吉は、いねえのかい」

「朝から買い出しに出かけてますよ。近在の村々からきた茸《きのこ》や根菜など、他に珍しい

食材が品川宿の市場に並んでるからってね」

「もう戻って来ないよ」

　半次の方が、そう伝えた。

「え……？」

　俄に表情が曇ったお絹に、紋三が続けた。

「新吉は、南町奉行所にいる」

「!?――ど、どういうことですか……」

　困惑するお絹を見るまでもなく、新吉が黙って奉行所に出向いたのは、明らかだった。紋三は落ち着けとお絹の肩に手を当て、

「おまえは、亭主の素性を知らない。いや、知らなくてもいいと話したが……どうやら、亭主の方は、おまえのことを百も承知していたようだな」

「……！」

「命の恩人てのは、借金取りから追われたからではなく、お上に追われて逃げ込んだのが、新吉の所だったたからだろ？　新吉は素知らぬ顔で、おまえを庇ったんだ……自分も似たようなことをしていたからな」

「え……ええ……!?」

ますます困惑するお絹に、紋三は宥《なだ》めるように言った。

「新吉の本当の名は、藤村利右衛門だ。武蔵笹山藩の元藩士でな、〝べんがら小僧〟という盗賊の……実質は頭領だったのだ」

「う、嘘……」

「本当だ。明日にでも、南町奉行所で、お白洲が開かれる。だが、もう十五年も前のことだ。しかも、この俺が間違って、捕縛した事件とも関わってるようだ……罪は一等減《げん》じられるかもしれねえ」

紋三はそう言ったが、お絹には何の慰《なぐさ》めにもならなかった。

この数年、新吉と出会ってから、ずっと幸せな気持ちが続いていた。平凡だけれども、ふたりだけの時を刻むことができた。

それが一瞬にして瓦解《がかい》していく。その悲痛な思いに、お絹は耐えられなかった。

「親分さん……私には俄に信じられません……」

「俺が分からないのは、なぜ新吉、いや藤村が、奉行所へ名乗り出ようとしたかだ」

「…………」

「しかも、奉行に対して、俺が十手を返上したことについて話し、『紋三親分は何も間違ってない。助けてあげて下さいやし』と話したそうだ……」

「えっ……」

「おまえに心当たりがあるかい。昨夜のこと、何か話したのかい」

お絹はしばらく黙っていたが、ぽつりぽつり語り始めた。

「何処へ行っていたと詰め寄られたので、私は正直に話しました……ええ、主人は私が〝紅すずめ〟と気づいており、また盗みに出たのかと思っておりました」

「やはりな……」

「でも、責めることもなく……もう二度とするなとだけ言って……」

切なげに俯《うつむ》いたまま、お絹は続けた。

「でも、私には何人か手下がいます……昨日の連中です。そいつらを食わせるためにも、どうしても……義賊ぶっても、結局、自分たちのためです……こんなこと、親分さんたちに話すってことは、もう……」

じっと紋三と半次を見つめて、

「恐れ入りました……申し訳ありません」

と捕縛される覚悟で、その場に佇《たたず》んでいた。しかし、紋三も半次も縄は掛けなかった。そして、はっきりと、

「見逃してやる」

と言ったのである。ただし、今後二度と盗みはしないこと、そして、盗んだ金は返して返すおくことを条件にした。

「こんなことは、十手持ちとして許されることじゃねえ。だが、おまえの言うとおり、お上がやらなきゃならねえことを、してなかったツケをおまえたちが被《かぶ》った面もある」

「いえ、私たちは……」

「人を殺めたり、怪我をさせてないのが、唯一《ゆいいっ》の救いだ」

「そんな……」

「おまえまで、畏れながらと出られちゃ、亭主の立場が悪いんじゃねえか？」

「でも……」

紋三の親切に逡巡《しゅんじゅん》するお絹に、半次の方が言った。

「くどいぜ、お絹。こっちが、その気になってるうちに甘えるんだな。紋三親分は、罪を憎んで人を憎まずってお人だ。だが、忘れるな、一回、こっきりだぜ」

「——も、申し訳ありません……」

静かに頭を下げてから、お絹は紋三を見つめて、

「うちの人は、どうなるんでしょうか……」

「悪いようにはしねえつもりだ。考えてみりゃ……俺が雨宿りをしたばっかりに……おまえらの暮らしを壊しちまったな」

紋三が謝《あやま》るのは本末転倒《ほんまつてんとう》であることは、百も承知である。だが、世の中の片隅《かたすみ》で、ひっそり生きていた夫婦の平穏《へいおん》無事を切り崩したのは確かだ。もっとも、盗みをしていたお絹の自業自得《じごうじとく》でもあろう。

——たまんねえな……。

と紋三は深い溜息をついて、潮風の吹き込んでくる窓から、海を眺《なが》めた。

その翌日、南町奉行所で、新吉こと藤村利右衛門に対するお白洲が開かれた。

壇上に出座した大岡越前は、冒頭から眉間に皺を寄せ、不愉快極まりない顔つきで、言葉遣いもいつになく乱暴であった。

「畏れながらと出頭したことは褒めてつかわすが、如何にも遅すぎる。十五年も前の事件についてではあるが、詳細に書き記されたものもあれば、それと照らし合わせて吟味致す。さよう心得よ」

大岡は厳しく言って、詮議《せんぎ》を始めた。

法と官僚による国家支配の基礎を支えるために、公文書を整《ととの》えたのは、享保《きょうほう》の改革による吉宗が最初である。

勘定所《かんじょうしょ》が諸国に散らばる天領《てんりょう》の農政を担当し、その他の訴訟《そしょう》や大名関係の評定《ひょうじょう》など膨大《ぼうだい》な文書となって残している。重要なものを破棄《はき》したり、紛失したりすることは決してなく、万が一、そういう事態になれば、担当者は切腹ものだった。

ゆえに、十五年前の捕り物についても、残されており、此度《こたび》、現れた事案についても、当初から順を追って、吟味方与力が事前に調べていた。むろん、如何なる事件も、今で言う〝時効〟はない。

藤村利右衛門は、元は武蔵笹山藩の藩士であることを認めた。そして、当時、吉宗政権になることに反発して、謀反を起こす準備のため、〝べんがら小僧〟なる盗賊に扮して、資金繰りをしていたことも白状した。

そんな中で起こったのが、お玉殺しについてであった。

お白洲には、当時、下手人である『鮨仙』主人・仙太郎を捕縛をした紋三の姿もあった。蹲踞《つくばい》同心に招かれ、様子を見ていた。

「――藤村……おまえは、武蔵笹山藩の剣術指南役だったそうだな」

「はい」

「藩が改易になった折、何度か再興を嘆願しておるが、家老ら藩の重職をはじめ、多くの家臣たちが他藩に他家に再仕官をしたにも拘わらず、おまえたちだけが、御家の再興を願ったのは何故だ」

「そのお言葉どおりでございます。御家と藩の再興のみが、私たちの生きる糧《かて》でございました。他家に行くことなど、考えも及びませんでした」

「そうではなかろう……おまえたちの狙いは違う」

「いいえ。まことでございます」

真剣なまなざしで壇上を見上げる藤村を、大岡は痛くなる程の目で睨みつけ、「いや、違う」と断じた。

「その時の町奉行も私だった。公文書のみならず、自分の日記にもしたためておる……おまえたちが、百地衆を使って盗みを働いたのは、謀反の資金でもなんでもない。ただ、金を幕閣《ばっかく》に配るためだけだ」

「……それも、嘆願のひとつであります」

「当時、幕閣に御家再興を願い出るために、繋ぎ役になったのは誰だか覚えておるか」

「もちろんです。若年寄の酒井《さかい》土佐守《とさのかみ》様でございます」

「今はもう隠居し、国元に帰っておるが、随分と尽力をしたそうだな」

「はい。しかし、適《かな》うことはありませなんだ」

「さもありなん。おまえたちは盗んだ金を、酒井様に相当貢《みつ》いだようだが、一文も他の幕閣には渡っておらぬ」

「え……ええ!?」

「渡っていたとしても、さような金で、藩の再興ができるわけがない。藩主の不正や横暴を裁いた評 定所《ひょうじょうしょ》の判決が変わりようがないのは、当然の理《ことわり》ではないか」

「で、では……」

「さよう。おまえたちは、ただ酒井様に踊らされ、何千両もの金を渡しただけだ」

愕然《がくぜん》となる藤村だが、嘘だと首を振りながら、

「しかし、酒井様と取り交わした念書もあります。それに、御家再興にあたり、藩主の御落胤《ごらくいん》もいるとのこと、酒井様が調べてくれておりました。徳川家に繋がる由緒《ゆいしょ》ある御仁《ごじん》であると……」

「――剣術指南役ともあろうおまえが、よほど目測《もくそく》を誤っていたのであろうな……そんなものは初めからない」

「ない……」

「酒井様の嘘だ。誑《たぶら》かされたのであろう」

衝撃のあまり、藤村は体中の震えが止まらなくなった。その姿をじっと見下ろし、

「どうせ、根廻しのために金が必要だと言われたのだろうが、すべては酒井様の懐《ふところ》の中……酒井様はそういう人間。それゆえ、その当時、酒井様を糾弾《きゅうだん》するための証拠が欲しかった」

「………」

「だが、おまえたちは〃べんがら小僧〃と言い張り、みな一様に、武蔵笹山藩藩士であったことや百地衆であることも伏せたまま、処刑された……そして、お玉殺しという小さな事件として、片付けられた」

大岡がそう言ったとき、紋三が思わず声を漏らした。

「小さな事件……でございますかな」

「さよう」

一瞬、ギラリと紋三を見やって、大岡は続けて、

「藤村……おまえたちの証言如何《いかん》では、酒井様を追い詰めることができたのだ」

と断じた。まるで、若年寄が賄賂《わいろ》を独り占めした事件は、武蔵笹山藩の残党が作り出したとでも言いたげであった。

「――たしかに……」

紋三は発言の許しを得て、申し述べた。

「あの……『鮨仙』に出入りしていた豆腐屋は、公儀隠密でありました。それは、大岡様もご承知だったはず」

「…………」

「仙太郎が、藤村さんの元中間であることを知って、探りを入れてたのでしょう。そして、『鮨仙』が、謀反の溜まり場になっていることを察して調べていたが、盗賊紛《まが》いのこともしていると知った」

「…………」

「そのことを、たまさか豆腐を運んできた娘が盗み聞きをした……むろん、娘のお玉は父が隠密であることも、『鮨仙』のことも、何も知らないことです」

息が詰まりそうになって、紋三は大岡を見上げた。

「ですが、その時……この藤村さんが、密偵と思い込み、すぐに斬ってしまった」

「…………」

「だが、藤村さんが殺したと表沙汰になれば、御家再興の願いは遠のく。だから、仙太郎は常日頃、可愛がっていたお玉を、年甲斐もなく横恋慕して殺したことにして、自ら摑まったのじゃないか……あっしはそう勘繰ったんでさ」

黙って聞いている大岡に、今度は紋三はギラリと睨み上げて、

「その時、その旨を、あっしは大岡様に申し上げましたよね。本当の下手人は、仙太郎さんじゃないかもしれねえってことを」

「…………」

「ですが、あっしもまだ誰が本当の下手人かは、見当がついていなかった」

「…………」

「なのに、お奉行は〝べんがら小僧〟を泳がせるために、お玉は痴情《ちじょう》の縺《もつ》れと片付けて、一旦、幕を引いた」

紋三はズイと腰を浮かして、

「たしかに、〝べんがら小僧〟はその後も盗み働きをして、捕らえることができた……でも結局、武蔵笹山藩浪士と酒井様の繋がりを暴くことはできなかった」

「――紋三……おまえの言うとおりだ」

大岡は険しい表情のまま、

「だが、此度、そこな藤村が名乗り出てきたことで、もう一度、お玉の一件につき吟味をし直し、藤村が持っている念書とやらで、酒井様を問い詰め、御家断絶にできる」

「隠居して、悠々自適《ゆうゆうじてき》な暮らしをしている老体をいたぶるってことですかい」

嫌みたらしく紋三が言うと、大岡はそうだと頷いた。

「何年経とうが、酒井様の罪は問える」

「ですが、処刑された仙太郎さんの命は帰ってきやせん……改めて、藤村さんに刑を処したところで、同じでやす。いや、そもそも、御定法《ごじょうほう》で、そんなことができますか?」

「…………」

「あっしは、無実かもしれないと思いながら、大好きだった仙太郎さんをお縄にした……だからこそ、少しでも自分の罪を購《あがな》いたいと思いながら、大岡様……あなたから十手を預かって、真実を暴いてきたつもりです」

「…………」

「だからこそ、これを限りに……」

「言うな、紋三」

大岡は穏やかな口調だが、腹の底に深い考えがあるかのように、

「人は過《あやま》ちを犯す。だからこそ、お白洲も慎重《しんちょう》にせねばならぬ。この十五年、私も反省し、心に刻んできたことだ」

「だったら、やはり十手を返すのが筋かと存じやす」

それには答えず、大岡は藤村に向き直って、当時でも〝一事不再理〟の原則があることを伝えてから、

「藤村……酒井土佐守の不正の念書があれば、今からでも、この大岡が評定所に引きずり出すことができる。さすれば、御家再興も適わぬでもない」

「…………」

「そして、おまえは新吉として、恋女房とともに暮らしていくがよい」

お絹が〝紅すずめ〟であることを、紋三は大岡に話していない。身を潜《ひそ》めるようにして暮らしているうちに、知り合った女とだけ報せてある。

だが、藤村は首を振りながら、

「それでは、私が……一生、逃げて生きていかねばなりませぬ……そういう思いに、もう疲れたのです……女房に嘘をつき続けているのも……何より仙太郎に深く詫《わ》びたいのです」

と涙ながらに言った。

だが、お玉殺しについては既に決着がついており、酒井の不正に関してのみを取り上げ、大岡は強引に、お白洲を終わらせた。

大岡が奥に立ち去っても、その場に、藤村はうつ伏すように座っていた。蹲踞同心に促《うなが》されて、町人溜まりへ戻されそうになったとき、紋三がそっと近づいて、

「どうして、畏れながらと申し出たか、俺はよく分かってるつもりだ……おまえさん、俺が苦しんでたってことも、承知してくれてたんだね、藤村さん……」

「——店に来たときから分かってやした……きっと自分を捕縛しに来たんだと思いやした。俺はいい。でも、そのことで、もし女房の素性がバレたらといけないと……」

「……………」

「自分がさっさと摑まれば、女房は逃げられる……そう思って……」

藤村も、お絹もお互いに相手を気遣ったのであろうが、来《こ》し方があまりにも尋常ではなかった。だが、いつからでも人生をやり直すのは遅くない。

「お奉行は、念願の酒井土佐守を追及でき、おまえたち夫婦は『笹屋』を続けられ、そして俺も十手が戻ってきた……大岡様得意の三方一両損……いや、一両得だ」

紋三はそう慰めた。

「長い雨宿りだったなあ……」

翌日——紋三は、仙太郎とお玉の墓に参った。

いずれの墓にも、綺麗な花が添えられていた。誰が墓参したかは分かっている。すっかり秋めいてきた、刷毛《はけ》で掃《は》いたような雲が走る青空を、紋三は眩《まぶ》しそうに見上げるのだった。

第二話　泥に咲く花

一

初雪がちらついた夜のことだった。

うっすらと白く染まった両国橋《りょうごくばし》の上に、ひとりの女が歩いてきた。酒に酔っているのか、足下がふらついており、艶《あで》やかな花柄の着物の裾《すそ》は少し乱れていた。

橋番所《はしばんしょ》に立ち寄っていた下っ引の市助《いちすけ》が、表に出て来ると、その女に目が吸い寄せられた。月が異様なほど蒼《あお》いせいか、妙《みょう》に寂《さび》しげに見える。

——妙だな。

と思った次の瞬間、欄干《らんかん》に凭《もた》れかかり、女はよじ登ろうとした。

「あっ！」

声をかけるより先に、市助は駆け出していた。身投げだとすぐに察《さっ》したからである。だが、女の着物姿では思うように動けない。しかも欄干は結構な高さがあり、おいそれと乗り越えることはできない。

市助のとっさの動きを感じたのか、橋番所の番人ふたりも一緒に走ってきた。

「馬鹿な真似《まね》はよしなせえ！」

背後から飛び掛かり、市助は羽交い締めにするように引き戻した。勢い余って橋の上に倒れ、緩《ゆる》やかな傾斜に沿って転がったが、番人たちが抱きとめた。

雪が降るほどの冷たい風の中を、あちこち歩いてきたのであろう。体は芯《しん》まで冷え切っており、指先は氷のようである。女はまだ十七、八の若さであろうか。目も虚《うつ》ろで生気《せいき》がなく、自暴自棄《じぼうじき》になっているのは明らかであった。

「なんでこんなことを……自分の命を無駄にしちゃいけやせんよ」

とにかく、橋番所まで連れて行って、市助は事情を訊《き》いた。

火鉢の前で暖を取らせたが、表情も心も打ち解けることはなかった。何処《どこ》の誰であるかすら話さなかった。外見《がいけん》では、裕福そうな商家の娘に見えるが、何を訊いても頑《かたく》なに口を閉じていた。

よくよく見ると、なかなかの美形である。市助は少し心がときめいた。

「——な、命は大切にしなきゃよ……」

紋三《もんぞう》親分の所に届けようとしたが、女はそれも嫌がった。何もかもを拒絶《きょぜつ》している様子に、市助はよほどのことがあるのだと、黙って見守ることにした。

すると、翌朝になって——。

空《す》きっ腹に握り飯と味噌汁を入れると、安堵《あんど》したのか、ぽつりぽつりと語り始めた。

「なんでも聞くから話してみな」

市助の優しい気配りに、娘は少し心が解《ほぐ》れたのか、名前を〝るい〟と名乗ってから、訥々《とつとつ》と身の上話をした。

「実は……父親《てておや》は大伝馬町で小さな木綿《もめん》問屋をしていたのですが、相場が暴落したため借金を重ねたけれど返せなくなりました……そのせいで私が身売りに……」

「身売り……もしかして、深川悪所《ふかがわあくしょ》にかい」

両国橋を渡って深川の方へ行けば、岡場所があるから、市助はそう思ったのだ。

「そうです。でも、嫌で嫌で、ちょっとした隙《すき》を見て逃げ出したんです。でも、いずれ摑《つか》まってしまいます。そしたら私は……だから、いっそのこと死のうと思ったのです」

「いけねえな。どんなことがあっても、自分の命を捨てるなんざ」

「でも、身を売るのは辛《つら》いです……」

俯《うつむ》いて嗚咽《おえつ》するおるいに、市助は訊いた。

「身請《みう》けの金は幾らなんだい。俺なんかじゃ、どうしようもねえが、紋三親分なら、あるいは相談に乗ってくれるかもしれねえ」

「いえ、そんな……」

「遠慮はいらねえ。金で片が付くならキッパリとそうした方がいい」

市助がそういうと、番人たちは十手《じって》持ちがそんなことを言ってはならないと諭《さと》した。そもそも借金の形《かた》に身売りをするのは、御法度《ごはっと》である。それに加担《かたん》するようなものではないかというのだ。

「たしかに、そりゃ正論だ。けどよ、御法度だと突っぱねたところで、そのような輩《やから》は蛇のように、しつこく食らいついてくるだろうよ。だから、この俺が……」

胸を叩《たた》いてから、市助は無理だなと声を漏《も》らしたが、

「で、一体、幾らいるんだい」

「五両あれば、なんとか」

「ご、五両……！　たった五両……といっても、それは俺たちにとっちゃ、物凄《ものすげ》え大金だが、身請け金となりゃ最低でも二十両や三十両はかかるだろうから……」

「はい。父親の借金はたったの五両なんです。なのに……」

「分かった。それくらいなら、俺がなんとか工面《くめん》する。だから二度と、妙な真似をやらかすんじゃねえぞ、いいな」

市助はもう一度、ドンと胸を叩いて、

「しかし……五両くらいのことで、死のうだなんて、他に訳《わけ》でもあるのかい」

と訊くと、おるいの顔が俄《にわか》に曇った。図星《ずぼし》だったようで、苦悶《くもん》の表情が広がるのを、
市助はまじまじと見ながら、

「やはりな……もっと深い理由があるんだな。それも言ってみな。すっかり吐くと、楽になるもんだぜ」

「あ、はい……」

「どうした。惚《ほ》れた男にでも、ふられたか」

「――そうなんです」

あっさりと認めたおるいは、痛む胸を押さえるように、

「でも、私には遠い遠い人……雲の上の御方なのです……とても無理なんです」

「雲の上ってでも、神様仏様、将軍様でもあるめえ。人ならば、何とかなるもんだ。それは一体、誰でえ、言ってみな」

これまた安請け合いして、何とかしてやると、市助は調子に乗った。すると、おるいは頬を赤らめながら、

「実は……さる藩の若君に……」

「さる藩の若君……たしかに、それは俺たちには雲上人《うんじょうびと》だな。で、それは何処の？」

「あ、はい……武州玉子掛御藩《ぶしゅうたまごがけごはん》の若君、松平桐之丈《まつだいらきりのじょう》様でございます」

おるいははっきりとそう言った。

「武州玉子掛御藩……聞いたことがねえなあ……まあ、でも松平様なら、親藩かい？とにかく、紋三親分が知ってるかもしれねえから、話をしてみるが……でもどうして、その若君に……」

「ええ……実は……」

さらに顔をポッとさせて、おるいは続けた。

「もう三月《みつき》も前になりますが、浅草寺《せんそうじ》近くの通りで、浪人とならず者たちに酷《ひど》い目に遭《あ》いそうになったところ、たまたま通りかかって助けてくれたのです。初めは名乗ろうとしなかったのですが、後で御礼をしたくて尋ねたところ……」

「松平桐之丈と名乗ったのだな」

「はい」

「なるほど。よし分かった。俺は、那須《なす》の市助というケチな十手持ちだが、親分の紋三は大岡《おおおか》様直々《じきじき》に御用札を貰ってて、江戸中のお武家にも顔がきく。俺に任せな」

「任せな……って何を」

「金のことだよ。腐っても徳川家親藩なんだから、五両くらい用立ててくれるだろう。なに、助けついでだってな」

「そんなことは……」

「場合によっては、奥女中にして貰って、岡場所の亡八《ぼうはち》連中なんかから守って貰えばいいじゃねえか、なあ」

なぜか自信ありげに胸を叩く市助を、むしろ怪《あや》しげに、おるいは見ていた。

その翌日——。

市助から、おるいの話を聞いた紋三は、

「おまえは本当にバカの上に、大が付くバカだな」

「はあ?」

「玉子掛御藩なんて、冗談だってすぐに分かるだろうが」

「へ? なんででやす。武州にないですか。だって松平桐之丈って名前も……」

「そりゃ、芸人の名前だろう。たしか、巡業《じゅんぎょう》してる旅芸人にいたはずだ」

「旅芸人……」

「たしかに、玉子掛けご飯は美味《うま》いがな。おまえは担《かつ》がれたんだよ」

紋三はからかって笑ったが、市助は至《いた》って真剣な顔で、

「でも、こいつは本当に助けて貰ったって……」

と、連れてきていたおるいの背中を押した。

「本当のことです……」

おるいは、消え入るような声で言った。

実は、そのとき、松平桐之丈は老中や若年寄との面談のため、江戸城に赴《おもむ》いていたという。幕閣《ばっかく》に抜擢《ばってき》されるかもしれぬとのことで、意気揚々《いきようよう》と出向いたのだが、話の中身は、国元の父親の容態のことだった。ずっと病床《びょうしょう》にあるため隠居をし、桐之丈を藩主として継がせるべきではないかとの提案だった。

しかし、桐之丈は固辞《こじ》した。あくまでも、父親が生きている間は、自分は代参《だいさん》でありたいということに拘《こだわ》ったのだ。

江戸家老としては、幕閣へのお声がかりは千載一遇《せんざいいちぐう》の機会であり、国元の父親も承諾《しょうだく》するはずだが、何故か桐之丈は断った。

まだ自分は若過ぎるというのだが、老中や若年寄ならばともかく、寺社奉行兼任の

奏者番は若いときから務め、経験を積むものである。何度も江戸家老は説得したが、他に考えがあるのか、桐之丈はずっと拒否し続けてきた。

そのとき、江戸城からの帰りだった。桐之丈が戯れに、浅草寺に立ち寄ったがために、出くわしたのだった。

もちろん、そのときには供侍《ともざむらい》もいたから、ならず者など追っ払うのは朝飯前だったのだ。どうでもよい町娘のことゆえ、通り過ぎようとしたのを、駕籠《かご》の扉を開《あ》けて桐之丈が止め、自ら降りたって説教したのだ。

だが、意外にも、ならず者が突っかかってきたから、桐之丈自身が得意の柔術《じゅうじゅつ》で投げ倒し、相手を痛い目に遭わせて、おるいを助けてくれたという。

どこまで本当か嘘か分からぬが、あまりにもバカバカしすぎて、紋三には到底《とうてい》、信じられない話だった。

「けどね、親分……この女が、橋の上から飛び降りて死のうとしたんです。どうか、親分……助けてやって下さいやせんか」

娘を庇《かば》うように、市助は訴えたが、紋三は呆《あき》れ顔で、

——何を言っても無駄だな。

と思った紋三は、

「分かった、分かった。おまえが人助けをしたい気持ちは分かる。好きにしろ」

もっとも若い娘が困っているのは事実だ。縁もゆかりもないとはいえ、一度は救った命。また、ろくでもない輩のために死ぬはめになってはいけない。紋三は同情し、必要な金を用立ててやった。その上で、

「その手の女は、駆け込み寺にでも送った方がよい。早いところ、連れていってやれ」

と命じるのだった。

「さすがは親分！　この五両の金、必ず働いて返しやすから、ありがたくお借りします。へえ、これにて御免《ごめん》なすって」

市助は深々と頭を下げて、連れてきたおるいとともに出ていった。

「――まったく……」

声にこそ出さぬが、紋三は呆れ果てて溜息《ためいき》をつきながら、ふたりを見送るのだった。

二

そんな事があって、数日後の夜――。

市助はいつものように、事件を背負《しょ》い込んで紋三の家に駆け込んできた。

担いで廻っている貸本も何処かに置いたまま突っ走ってきたのか、喉《のど》がゼエゼエと鳴っている。水甕《みずがめ》の水を柄杓《ひしゃく》で飲んで、

「親分！　大変ですぜ！」

「本所冬木町《ほんじょふゆきちょう》の海産物問屋『佐渡屋《さどや》』が火事で全焼しやした」

「えっ？　じゃ、さっきの半鐘《はんしょう》はそれかい」

「いえ、全焼です」

「冗談を言ってるときじゃねえ。で、被害はどうなんだ。冬木町といや、明地もあるから広がってなきゃいいがな」

「それが……店も蔵も燃えてしまって、内儀のおさよさん、それから三人の奉公人がみんな……焼け死んでしまったとか」

「なんだと。そりゃ、偉《えれ》えこった」

紋三は思わず腰を上げて、現場に駆けつけようとした。

大火事で人が死んだとなれば、何はともあれ火元などを検分して、事件性がないかを調べるのも岡っ引の仕事だからである。しかも、紋三の縄張りで起きたことだから、しっかりと褌《ふんどし》を締めて取りかからねばなるまい。

仙台堀《せんだいぼり》は亀久橋《かめひさばし》の近くにある冬木町は小さな町で、職人が多く暮らしている。仙台

堀に面しているため、色々な問屋も並んでおり、火事にあった『佐渡屋』もこの辺《あた》りの海産物を一手に引き受けるほどだった。

ゆえに商品を保管する蔵も大きかったが、扱う物には通気が大切だから、石の蔵ではなく木造だったのが災いした。火の手はあっという間に広がり、母屋《おもや》や離れも飲み込んだのだった。

「——妙だな……」

と紋三はすぐに感じた。

火の元が母屋である店ではなく、蔵である疑いがあったからだ。

すでに町火消したちが来て、原因を探っていたが、どうやら油で付け火をしたのではないかというのだ。

「付け火だとしたら、それだけで火炙《ひあぶ》りの刑だ。その上、人が四人も死ぬという悲惨な事態になったのだから、引き廻しの上、獄門《ごくもん》は間違いないな」

いきなり物騒《ぶっそう》な話になったことで、本所廻り同心の伊藤洋三郎《いとうようざぶろう》も駆けつけてきた。

ただの火事ではないのなら、町方の出番である。もっとも、殺しや火付け、盗賊の類《たぐい》は〝強力犯〟である定町廻《じょうまちまわ》りが出張《でば》ってくることになる。その間、本所方は現場を保存し、怪しい奴をに目星をつけておく役目がある。

伊藤は、渋い顔で唸《うな》っている紋三に近づきながら、

「まずは、おまえさんの考えを聞こうか」

と言った。

本音《ほんね》は、紋三が推察《すいさつ》したことならば、まず間違いないから、それに従って探索すればすぐに解決できる。定町廻りが来る前に、片付けておけば、また奉行所務めになるかもしれないとの思惑《おもわく》があってのことだ。

「どうなんだ、紋三」

「へえ。付け火には間違いありやせん。あっしが調べるまでもなく、町火消しが見つけてやした。蔵の外に油が撒《ま》かれた痕跡《こんせき》があり、燃え残った油桶《あぶらおけ》も路地《ろじ》に転がっていたと」

「なるほど……」

「他にもありやす。裏の物置辺りには、焼け崩れた炭俵《すみだわら》の下に焚《た》きつけの松脂《まつやに》に油綿を絞《しぼ》ったのが、燃え尽くすことなく、踏み消されたままになってやした」

「うむ。付け火に間違いないな……ということは、この『佐渡屋』に深い恨みを持っている奴の仕業《しわざ》だな」

「とは限りませんが、まずはそこから探索するのが本筋《ほんすじ》でしょう」

「しかし、女房が死に、手代までいなくなったのではな……」

ふたりが話していると、黒く焼けていた柱や梁《はり》がガガッと崩れ落ちた。灰燼《かいじん》が舞い上がる向こうに、悄然《しょうぜん》と佇《たたず》んでいる男の姿が浮かび上がった。火の粉《こ》を浴《あ》びたのか、少し焼けた羽織《はおり》が痛々しかった。

「——勘兵衛《かんべえ》さんだね……主人の」

紋三が声をかけた。祭りや縁日の折に、何度か顔を見かけ、話したこともある。

「此度《こたび》はえらいことになりましたな……ご愁傷様《しゅうしょうさま》とかけるのも辛《つら》いくらいだ」

「…………」

勘兵衛は心ここにあらずという顔で、声をかけたのが、紋三かどうかも分からぬ様子だった。悲しみや辛いのを通り越して、ただただ呆然《ぼうぜん》としていた。

気遣《きづか》った紋三は、近くの自身番まで連れていき、座らせて茶を飲ませようとした。が、それすら拒《こば》むともなく拒み、

「ああ……どうして、こんなことに……」

と口の中で呟《つぶや》くだけだった。

勘兵衛も腕に火傷《やけど》を負っていて、痛々しかったが、見る影もない無惨な黒焦《くろこ》げ死体を検分した紋三は、ありのままを伝えた。そして、淡々と死人の確認をした。

「番頭の喜助《きすけ》、手代の小吉《こきち》、福太《ふくた》……そして、女房のおさよ……に間違いねえな」

「は、はい……」

着ていた着物などから判断するしかないが、それほど残酷《ざんこく》な状況だった。

「夜中で眠り込んでいたから……火の巡りも早く、もうどうしようもなく……ああ、なんてことなんだ……」

と絶望と後悔が入り混じった顔になり、絞り出すような声で泣いた。

「火に気がついたときには、もう……店中に火が廻っていて、炎の勢いが強くて、助けに行くこともできませんでした……今でも、助けてくれという、みんなの声が……」

勘兵衛は両耳を手で塞《ふさ》ぎながら、頭《こうべ》を垂《た》れた。

「――でも……隣家に燃え移らなかっただけでも、不幸中の幸いです」

「こんなときなのに、人様を気遣うとは、さすがは、仏の勘兵衛さんだな」

「とんでもございません……」

「みな、そう言ってるよ。なのに、この旦那は、人の恨みを買って付け火をされたのではないかって、おっしゃってるんだ」

と紋三は、隣にいる伊藤を指した。勘兵衛は俯いたまま、チラリと見て、また悲しそうな目で俯いた。

「おい、紋三。俺は別にそんなことは……誤解されるような言い草はよせ」

「でも、あっしもそう思いやす。付け火をされたのは事実なんですから、勘兵衛さん、思い当たることがあったら、話した方がようございやすよ」

「付け火……」

「ええ。証拠はキチンと残っておりやす。わざわざ放火に見せかけて、火事にする奴なんざ、いやせんでしょうからね」

何となく奥歯に物が挟《はさ》まったような口調が、伊藤の勘に障《さわ》った。

「紋三。気になることがあるなら、ハッキリ言え」

「いいえ。あっしは自分でちゃんと確かめたことしか口にしやせん。今、分かっていることは、付け火の疑いがあること、お内儀と奉公人三人が死んだこと、そして……火事を見つけた最初の人間が、主人の勘兵衛さん、ということだけです」

「何が言いたい、紋三……」

「言ったとおりでござんす。自身番の番人に聞いた話だが、火事だと飛び込んできたのは、勘兵衛さん、あなたですよね。そして、ここの番太郎が町火消しに報《しら》せに走った。そのときにはもう、かなり燃え上がっていた」

「ええ。そのことは、今しがた、お話ししたとおりでして、気づいたときには燃え盛っていて、私ではどうしようも……」

「分かってるよ。なにも、おまえさんを責めてるわけじゃない。事の順番を聞いておきたいだけなんだ。悪く思わないでくれ」

「はい……これが付け火なら、親分……必ず、下手人を探して下さい。そして、私の女房や手代たちを、あんな目に遭《あ》わせた奴を、三尺高い所に送ってやって下さい」

目を擦《こす》り、嗚咽しながら勘兵衛は、必死に言った。そんな姿を見ながら、いつもは気配《きくば》りもしない伊藤が訊きにくそうに、

「では、恨みを持ってそうな奴を挙《あ》げてくれないか。商売上のことでも、普段の付き合いでも構わない。一刻も早く下手人を挙げるためだ。仇《かたき》を取ってやろうじゃないかなあ」

と優しい声をかけるのであった。

伊藤がこのような態度になるのには、訳がある。実は、北町奉行所も動き出していて、定町廻りだけではなく、筆頭《ひっとう》与力の長谷部半久郎《はせべはんくろう》も乗り出していると摑んでいたからだ。

北町に手柄《てがら》を奪われるのは面白くないと、伊藤は感じていたからのことである。

三

翌日には、市助が『佐渡屋』の周辺のことを、粗方《あらかた》、洗ってきていた。

ぶらぶら遊んでいるように見えるが、日頃から、あれこれと〝地獄耳〟に仕入れているのだ。

「紋三親分……主人のことですがね、表向きは仏の勘兵衛と呼ばれてますが、あまりいい噂は聞きませんね」

市助は、箱火鉢の前で書を開いていた紋三に声をかけた。

「らしいな」

「え、もうご存じで？」

「元々は、何処から流れてきたか分からない風来坊《ふうらいぼう》なんだってな。俺も何年も顔をつきあわせていたが、六、七年前に江戸に流れてきて、『佐渡屋』の用心棒の真似事《まねごと》をしてたとか」

「なんだ。親分の方が〝地獄耳〟じゃないですか」

鼻をくしゃっとした市助に、その先のことは分からないと言った。

「で、どうして、『佐渡屋』の主人に収まったんだい」

「へえ……先代の主人・徳右衛門《とくえもん》さんは、かなりの歳《とし》でしてね。病《やまい》で亡くなった後、まだ若い後家の女房と、ズルズルと深い仲になったそうで」

「それで、主人として居座ったってわけか」

「ええ。ところが、商売にはカラキシ素人《しろうと》だったはずなんでやすが、この何年かのうちに、そこそこ大きな儲《もう》けを打ち出し、本所界隈《かいわい》ではそれなりに知られた問屋になりやした。あの恵比須顔《えびすがお》で、人たらしな感じが好かれたんでしょうかねえ」

海産物問屋はほとんど干し物や俵物を扱っているが、米や油、木綿のように値の変動が少ないので、商いとしては安定している。廻船問屋頼りだから、万が一事故に遭ったりすれば、品不足で困るが、比較的無難な商いができた。それゆえ、素人の勘兵衛でも扱えたのかもしれないが、番頭の喜助が真面目《まじめ》でしっかりしていたから、店が持っていたとの評判である。

「その番頭がいたからこそ、前の主人が病床《びょうしょう》に臥《ふ》せっていても、店は大丈夫だったんでやす。それが亡くなっては、もう……」

『佐渡屋』もだめだろうとの評判がすでに広がっている。

「じゃ、『佐渡屋』が潰れて喜ぶ奴を調べなきゃなるまいな」

「へえ、そりゃぬかりなく」

市助はポンと膝を叩いて、箱火鉢に近づいて、少し声をひそめた。

「その前に、ひとつ……死んだ女房のおさよと勘兵衛のことですがね、先代の徳右衛門さんが生きている頃から、実は熱い仲だったらしいんです」

「ほう。それは、確かかい」

「ええ。店を辞《や》めた下働きの女から聞いた話ですが、夜な夜な勘兵衛はおさよの寝床に潜《もぐ》り込み、睦《むつ》まじい声を、身動きがろくにできない徳右衛門さんに聞かせてたらしいですよ」

「そりゃ、主人としちゃ、たまったもんじゃねえな」

「おさよだって、徳右衛門さんをたらしこんだ岡場所の女ですから、勘兵衛とはどっちもどっちなんですがね。真面目な人間てなあ、どうして、こうも悪い奴に騙《だま》されるんですかねえ……」

「正直者が馬鹿を見る世の中だからだよ」

「ええ、可哀想なのは徳右衛門さんだ。自分が立ち上げた店で、寝る間も惜《お》しんで頑張ってきたのに、店も女房も取られたとあっちゃ、草葉の陰で泣いてるでしょうよ」

市助はまるで自分のことのように悔《くや》しそうに言った。

「おまえ、若いのに、年寄りに同情するんだな。ま、いい心がけだ。だが、まさかその徳右衛門が恨みで店を燃やした、なんて言い出すんじゃないだろうな」

「まさか……たしかに先代が亡くなったときには、悪い噂も流れましたが、勘兵衛とおさよの仲睦まじく、一所懸命な姿を見ているうちに、頑張《がんば》ってるなと取引先の者たちは応援したとか」

「でないと、商いは成り立たねえだろうしな……」

「へえ。でも、勘兵衛に恨みを持つ者だけでも、ざっと四、五人はいました」

「勘兵衛だけでも?」

「おさよを快《こころよ》く思ってない者も入れれば、もっと増えるでしょうよ」

眉間《みけん》に皺《しわ》を寄せた市助は、特に恨みが強いと思われる者の名を挙げた。

「ひとりは矢坂平之助《やさかへいのすけ》という浪人者、同じ海産物問屋『松前屋《まつまえや》』の主人・箕兵衛《みのへえ》……そして、浅草寅五郎《あさくさとらごろう》一家の鮫吉《さめきち》という暴れ者でさ」

「どいつも曰《いわ》くありげだな」

「ええ。この三人はしつこく店を訪れて、金品をねだっていたそうです」

いずれも勘兵衛が若い頃に付き合いがあって、金や女のことで揉《も》めたが、大店《おおだな》の主人に収まったのを知って、せびりに来ていたのである。

勘兵衛もそれなりに対応はしていたが、金を渡しても渡してもキリがない。だから、キッパリと断ったのだが、それが災いになったのであろうと、市助は言う。

「さもありなんだな……だが、この先は、浅草の伊右衛門《いえもん》らに任せる」

紋三が頷《うなず》くと、市助は不満そうに、

「あっしじゃ頼りねえと？　だから、十八人衆の親分方に……」

「おまえの身を案じてのことだ。相当な悪党ばかりのようだから、これ以上は関わらない方がいい。だから、あのお転婆《てんば》がもし、首を突っ込んできたとしても、おまえがしっかりと止めるんだぜ」

「桃香《ももか》のことですかい」

「ああ、そうだ」

「親分、あっしはあの小娘の見張り番じゃありやせんぜ」

不満をたらたらと市助が言ったとき、伊藤がぶらりと入ってきた。開口一番、

「おまえの推察とやらが、外れたな」

と皮肉タップリに言った。

「――一体、何があったんでございやす？」

神妙な顔つきになる紋三に、伊藤は苦笑いを浮かべて、

「火付けの下手人を見つけた」

下手人とは殺しの犯人のことを指すが、此度《こたび》は人が四人も犠牲になっているので、伊藤はあえてそう言った。

「そりゃ、お手柄でしたね。で、そいつは？」

「聞いて驚くな。手代の福太だよ」

「福太……えっ。焼け死んだはずじゃありやせんか」

確かに焼死体は状態が酷く、特定するのは難しかった。姿が消えてしまったことや、焼け残った遺留品から判断したのだが、検分が間違っていたということになる。

「門前仲町の紋三親分ともあろう御仁が、とんだ失敗をしたことになるな」

人が何人も死んだというのに、伊藤は何故か嬉しそうに語った。何かと紋三に対抗する気持ちがあるからだが、傍《かたわ》らで見ていた市助の方が声を荒らげ、

「不謹慎極まりないですぜ、旦那」

と言った。

「ふん。下っ引に意見されるとは、俺も随分《ずいぶん》と焼きが廻ったもんだな」

ニヤリと笑って告《つ》げる伊藤に、市助はすぐさま訊いた。

「福太は本当に生きてるんでやすね」

「〝鞘番所〟に預けてあるよ」

鰻の寝床のような牢部屋があるから、そう呼ばれているが、深川では唯一《ゆいいつ》の大番屋でもある。すでに吟味方与力が来て、問い詰めているのだが、なかなか白状しないらしい。

「じゃあ、殺されたのは誰なんです。福太の代わりに焼死体になってるのは」

「それもまだ喋らない。そこでだ、紋三……ちょいと顔を貸してくれ」

「あっしが？」

「ああ。吟味方与力の藤堂《とうどう》様が直々《じきじき》に、おまえに頼みたいと言ってるのだ。実はな、福太も、おまえになら話す——なんて言い出しておるのだ」

やっかみ半分で言う伊藤に向かって、ヘッと吐き捨てるように、市助は言った。

「なんでえ。結局は紋三親分頼みじゃねえか。端《はな》から素直に頼めばいいのに、〝ぶっくさ〟の旦那は何を気取ってんですか」

「うるさいな。三下《さんした》がガタガタ言うな」

「おや、図星でやすね。だったら、キチンと頭下げて下《さ》さいってこと」

調子に乗る市助を、紋三は仮にも武士に向かって言葉を慎《つつし》めと制してから、直《ただ》ちに〝鞘番所〟に向かった。

「――仮にもとはなんだ、仮にもとは。俺は正真正銘の武士だ。無礼者」

声に出したつもりだが、やはり伊藤は呟く程度のことだった。市助はキキッと猿真似をして、からかうように笑った。

四

いつも薄暗い〝鞘番所〟こと深川大番屋は、大横川《おおよこがわ》べりにあるせいか、行《ゆ》き交《か》う川船の櫓《やぐら》の音が大きくて、おのずと問いかける与力や同心の声が大きくなった。

後ろ手に縛られ、土間に座らされている福太は、小柄で濡れ鼠《ねずみ》のような情けない顔をしていた。それでも、紋三の姿が現れた途端《とたん》、まるで地獄で仏にでも会ったように、安堵《あんど》した笑顔が広がった。

「いけねえなあ、旦那方……大番屋であれ、自身番であれ、取り調べるときには、縄を外《はず》すのが決まりですぜ」

紋三は福太の姿を見て、すぐに意見した。

傍《かたわ》らにいた本所方の同心たちは、反発した目つきになったが、吟味方与力の藤堂はすぐに解いてやれと、番人に命じた。大岡が信頼を置いている紋三のことを、一目《いちもく》も二目も置いているからである。

「ありがとうございやす、藤堂様……」

丁寧《ていねい》に頭を下げてから、紋三は福太に向き直った。はっきり顔を覚えているわけではないが、小柄な手代が店にいたことは、紋三も覚えている。

まだ二十歳《はたち》そこそこだろうか、小僧として先代から仕えていたが、勘兵衛が主人になってから、手代となったという。

もちろん、大番屋の詮議所の一角には、勘兵衛も来ており、様子を窺《うかが》っていた。

「おまえさん所の手代に間違いないな、勘兵衛さん」

「え、ええ……でも、まさか、こいつが付け火をしたとは……」

怒りを露《あら》わにして、勘兵衛は今にも摑みかかりそうなほど全身を震わせている。紋三は落ち着くように言って、福太の前に立ち、

「本当におまえがやったのか？」

「…………」

「どうなんだ」

「――やってません……わ、私は……」

福太は言いにくそうに、勘兵衛をチラリと見てから、

「誰が付け火をしたか、見てました」

「ほう。それは誰だい」

紋三が訊くと、福太は今度は透き通ったような声でハッキリと答えた。

「鮫吉という遊び人です……前は浅草寅五郎一家にいた人ですが、なんだか知りませんが、親分と揉めて破門され、時々、うちに泊まりに来てましたから、顔は分かります」

意外な人物の名を聞いたとばかりに、紋三は頷いて、勘兵衛に向き直った。

「その鮫吉って奴は、おまえを散々、脅しに来てたそうだな。他に、矢坂平之助という浪人者も……」

「え、ええ……正直に申しますが、そのふたりは、私が昔、ちょいと悪さをしていた頃の飲み仲間でございます。悪さといっても、ガキがする程度のことでして」

「そうらしいな。大店の主人となったおまえさんは、金蔓《かねづる》にされたのかい」

「まあ、そんなところです……」

「今、俺の手の者たちが、矢坂や鮫吉を探してる。摑まれば事の真相が明らかになるだろうが、確かに見たんだな、鮫吉が付け火をしたところを」

「――はい……」

消え入るような声で、福太は言った。紋三は何処かに嘘があるとは思ったが、相手が指名してきた以上、真相を究めねばならぬ。慎重に問いかけた。

「だったら、なぜすぐに申し出なかった」

「それは……」

一瞬、福太は言い淀んだが、意を決したように、

「旦那様が……疑われると思ったからです」

「勘兵衛が？　どうしてだ」

「番頭の喜助さんと、おかみさんのおさよさん……ふたりとも殺そうと、旦那様と鮫吉が話していたのを聞いたことがあるから」

「なんだと!?」

紋三のみならず、藤堂や伊藤も吃驚《びっくり》して、勘兵衛を見た。目をカッと見開いた勘兵衛は、怒りを露わにして、

「何てことを！　出鱈目《でたらめ》を言うな！」

と怒鳴りつけてから、紋三たちに向かって言った。

「こいつは頭がおかしいんです。ろくに算盤《そろばん》もできないから、私は何度も暇《ひま》を出そうとしたのです。でも、先代が子供のように可愛がっていたから、じっと我慢してたん

ですよ」

先代が捨て子だった福太を可愛がっていたのは事実だ。子供がいないから、ゆくゆくは跡取りにしようとも考えていた。

「だけど、このバカですよ。店なんぞ継げるわけがない。番頭の喜助も先代から仕えてますが、どうしようもない役立たずだと呆れかえってましたよ。小吉の方はけっこう、賢かったですがね」

興奮気味に言う勘兵衛を、藤堂が制して、自ら問いかけた。

「ならば、火事で焼けた福太と思われた者は誰だ。心当たりがあるか」

「それは、私にも分かりません……」

「福太。おまえはどうじゃ」

「――はい……」

しばらく俯いていたが、また勘兵衛をチラリと見てから、藤堂と紋三に向かって、

「鮫吉だと思います。あいつは札付きの乱暴者ですが、私のように小柄ですので、代わりに殺されたんだと思います」

「代わりに……？」

「はい。付け火をさせて、その上で、私だってことで殺してしまえば、下手人は葬《ほうむ》ら

れるわけですから」

　ぐっしょり全身に汗を吹き出しながら、福太は言ったが、とてもバカな男が言うことは思えなかった。

　すぐさま勘兵衛は、さらに大声で叱りつけるように、

「福太！　またそんな出鱈目を！　与力様。こんな奴の言うことを信じちゃいけませんよ。バカな上に、普段から嘘ばかりついてる、どうしようもない奴なんです」

「何を、そんなにうろたえてるのだ、勘兵衛さんよ……」

　と紋三が声をかけた。

「幾ら出来の悪い者でも、自分の店の奉公人が死んでなかったのだから、喜ぶのが普通だと思うのだがな。どういうことだい」

「ですから、こいつが付け火をしたに違いないんです。私のことを恨んでましたから」

「だが、おまえさんは、俺が検屍《けんし》したときに、たしかに福太だと証言した」

「そりゃ、あのときは……」

　動転していたし、そうとしか思えなかったと勘兵衛はハッキリと言った。紋三はじっと見据えながら、

「改めて亡骸《なきがら》を調べることにするよ……藤堂様、この一件、改めてあっしに任せてくれやせんかね。一から、洗い直したいことがありやすんで」

と承諾を求めた。

藤堂はふたつ返事で許したが、勘兵衛の方は得心《とくしん》できない様子だった。しかし、お上に何と言ったところで相手にしてくれないと思ったのであろう。

「探索のことは、紋三親分さんにお任せ致します。私だって、恋女房が犠牲《ぎせい》にされたんですからね、下手人を挙げて貰いたい」

「…………」

「私としては……福太でないことを祈っておりますが、この際、一旦、生まれ故郷の上州にでも帰りたいと思います」

殊勝《しゅしょう》に言った勘兵衛だが、あっさり紋三は拒んだ。

「そうはいくめえ。ですよね、藤堂様」

「ん……？」

「だって、下手人が分からないんですから。福太かもしれねえし、福太が見たとおり、鮫吉がやったのかもしれねえ」

「うむ……」

「その鮫吉が焼け死んだかもしれねえ……分からないことづくしですからね。しばらくは江戸に居て貰いやすよ、勘兵衛さん」

どうでも言うとおりにさせる態度の紋三に、藤堂も頷き、勘兵衛と福太の身柄は、伊藤に預けると命じた。

「え、私が……」

厄介事は御免とばかりに嫌がった伊藤だが、与力に逆らうこともできまい。

不愉快な顔になったのは勘兵衛だが、福太はまるで自分の役割を終えたかのように、ほっと溜息をついていた。

五

その夜のことである。

日本橋の両替商『大黒屋《だいこくや》』に盗賊が入り、店の者たちが気づかないうちに、蔵に置いてあった三千両がごっそり盗まれた。

朝になって番頭が気づいたのだが、そのことが大きな話題になり、事件のことを書いた読売《よみうり》が飛ぶように売れた。そのため、本所の廻船問屋の火事騒ぎなど、一日にして忘れられてしまった。

世間というものはそんなものだ。が、あまりにもあっさりと人の関心事が移ろうことに、紋三も少々、呆れていた。

だが、この『大黒屋』の一件が、『佐渡屋』の火事騒ぎと繋がっていることを、紋三が摑むのは、さほど時がかからなかった。

というのは——。

浅草の伊右衛門がとんでもないことを、調べてきたからである。

昔の勘兵衛のことを探っていたところ、ある飲み屋の板前が、『佐渡屋』の主人の顔を見て、「忘れもしない顔だ」と話したというのだ。伊右衛門は、その源吉《げんきち》という板前を、わざわざ紋三の家まで連れてきて、

「俺に話したことを、紋三親分にもきちんと話しな。そしたら、おまえがしてた悪さなんざ、目をつぶってやる」

と半《なか》ば強引《ごういん》に押しやった。

源吉は体こそ、伊右衛門に負けないくらい大きいが、どことなく気弱な態度である。

「実は……あっしは若い頃、柳橋《やなぎばし》の船宿で料理の修業をしておりやした。でも、そこは実は……裏渡世《うらとせい》の者たちだけが知っている〝泥棒宿〟でした」

泥棒宿とは、江戸市中で一仕事した盗っ人たちを一時的に匿《かくま》っておく場所である。船宿は屋形船などを使って逃がし易《やす》いから、盗賊から過分な礼金を貰って、請け負《う》っていたのである。もっとも、宿主は盗賊ではない。ただ宿を貸すだけだが、お上に見つかれば同罪に扱われるから、それなりの覚悟はあった。

「その船宿は、今でも泥棒宿をやってるのかい」

紋三が訊くと、源吉は首を振って、

「とうに溜め込んだ金を持って、故郷に帰ってると思いやす。あっしは、まさかそんな所とは知らず、奉公してたのですが……あるとき、大捕物がありやした。紋三親分なら覚えてると思いやすが、日本橋の両替商『大黒屋』から大金が盗まれた一件です」

「今回のではなく、たしか、七年前のことだな」

「へえ。あの後、『大黒屋』は潰れましたが、別の両替商が、株を買い取って営んでいるとか。それが、また狙われたとは皮肉な話ですが……」

俯き加減で、源吉は続けた。

「とにかく、七年前の事件のとき、盗賊の集団が数人、うちの泥棒宿に逃げ込んできました。数日、滞在《たいざい》してから、主人が屋形船で一旦、荒川《あらかわ》まで逃がし、そこで別の逃がし屋に委《ゆだ》ねて……とにかく、お上の追捕はかわしました」

「うむ。その一味はたしか、〝カマイタチの竜〟だったな……そして、先般も、その一味とおぼしき輩が、江戸市中を荒らし回っていたが……」

「そうです。根こそぎ浚《さら》っていくという阿漕《あこぎ》な一味でしたが……その頭領が今は……、勘兵衛だったんです。へえ、『佐渡屋』の主人に収まってる、あいつです」

「だとしたら……それは随分と大きなネタだが、確かかい」

「はい。この目がしっかり覚えておりやす。船宿にいる間は、毎日、三食、あっしが作って二階奥の部屋まで運んでました」

「それで、顔を……」

「はい。〝カマイタチの竜〟の子分たちは、することがないので、花札なんぞで手慰《てなぐさ》みをしてました。私も若造だったんで、よく相手をさせられました……もっとも、主人からは、昔馴染みだと言われただけで、そのときは、まさか盗賊一味だとは知りません。後で、分かった次第です」

源吉はしだいに能弁《のうべん》になってきて、紋三に懸命《けんめい》に訴えた。

「でも、つい先日、ある人の紹介で、わざわざ本所の『佐渡屋』に来たとき、驚いたんです。主人を見たとき、〝カマイタチの竜〟だってハッキリ思い出しました」

「勘兵衛の方は……?」

「それが、あっしの顔を見てもまったく分からなかったようで……たしかに、あの頃より、太りはしましたが、毎日、顔を合わせていたのですから……でも、まったく気づかない様子でしたので、私もそのまま帰りました」

「相手は、まったく気づかなかった……」

「だと思います。ですが……」

ひとつ咳払いをして、源吉は俄に不安めいた顔になり、

「その夜、妙なことがありました」

「妙なこと?」

「眉間《みけん》に切り傷がある浪人者が、私の店に来て、根掘り葉掘り、以前、何処にいたのかとか、柳橋の船宿で修業してたのかとか、訊いてくるんです。あっしはピンときやした。『佐渡屋』の主人が使わした者じゃねえかと」

「で、どう答えたんだ」

「正直に話しましたよ。もっとも、〝カマイタチの竜〟については一言も……」

と源次は首を振って、話さなかったと紋三に言った。

「あの火事が……ええ、『佐渡屋』が火事にあったのは、その翌々日のことです……

だから、きっと何かとんでもねえことが起きてるに違いない。得体の知れない不気味さが込み上がってきて、なんだか恐《こわ》くて……」

「──なるほどな……もしかしたら、おまえのことは、端《はな》から分かっていて、勘兵衛はまずいと思ったんだろうな。そして、隠したい何かがあった……」

それが何かは分からないが、紋三はしだいに自分の頭の中で、幾つかの渦《うず》がひとつになってくるのを感じていた。


その日の夜のことである。

焼死した『佐渡屋』の内儀の妹だと名乗る若い女が、伊藤のもとを訪ねてきた。勘兵衛を組屋敷で預かっているからである。

小春《こはる》と名乗るその女は、どこかうらぶれた雰囲気を漂《ただよ》わせており、少し着崩した着物は蓮《はす》っ葉《ぱ》な感じであった。

伊藤は唐突《とうとつ》な話に驚いたが、勘兵衛の方も一瞬、凍《こお》りついたが、すぐさま平然とした顔に戻った。その表情の変化を、伊藤は見逃さなかった。

「この女を知ってるのか、勘兵衛」

「いいえ」

勘兵衛は首を横に振った。

「嘘をつかないで下さいな。あんたのことを、洗いざらい話したっていいんですよ」

脅すような言い草で、小春は勘兵衛を睨みつけた。

「女房のおさよに妹がいたなんて話は、聞いたことがない。あんた、一体、何者なんです。うちの店に恨みでもあるのですか」

堂々とした態度で、勘兵衛は言い返したが、小春も人を食ったような顔つきで、

「よく見て下さいな。忘れたんですか？　おさよの妹の小春ですよう」

「分からんな。どうせ、女房の肉親のふりをして、身代《しんだい》を乗っ取ろうとでも言い出すんじゃないだろうねえ」

「身代を……ふん。火事でぜんぶ燃えちまった店なんか、いらないよ」

小春は半身を切るように、勘兵衛の前にしゃがみ込み、

「全部とは言わないよ。姉さんの分を貰えれば、あんたのことは喋らない。蔵の中には、千両ばかりの大金が入ってたはずだ。言ってる意味、分かってるよねえ」

と相手の顔を覗き込んだ。

唇を嚙《か》んだ勘兵衛の目には、ギラリと鈍い光が燦めいた。

「いい加減にしてくれ。旦那、こんな訳の分からない女、追い出して下さいな」

勘兵衛が伊藤に救いを求めたが、小春は平気な顔をしている。そして、婀娜《あだ》っぽい目を伊藤に向けて、

「ふうん……伊藤様。こいつを、お縄にしたら、きっと大手柄ですよ。お奉行様からも金一封どころか、大出世させてくれるかもしれません。それくらいの大物ですよ」

「はっきり言ってみろ」

伊藤は苛《いら》ついたように命じた。

「さっきから勿体《もったい》つけてばかりで、勘兵衛が何だというのだ。たしかに、店の火事には妙な点が幾つかあるが、女房や奉公人が死んで苦しんでるのは、こいつだ」

まるで庇うように言った伊藤に、小春は赤い唇を舌先で舐めて、

「では、遠慮なく。まずは火事のことから話しましょうかねえ……あの火事は、火を付けたのは鮫吉って男だと思いますよ。なぜなら、蔵の金をドロドロに溶かして、なくなったと見せかけて、そのままドロンしようって魂胆《こんたん》だったんです」

「鮫吉のことなら聞いておる。そやつが、すべてやったことなのか」

「焦《あせ》らないで下さいな。付け火をしろと鮫吉に命じたのは、勘兵衛さんですよ。ええ、鮫吉から聞いたんだから、確かです。でも、その鮫吉がいなくなった……ここまで言えば分かるでしょ、伊藤様……福太の代わりに焼き殺されたんですよ」

「………」

「上手《うま》いこと鮫吉を殺して、炎の盛りの中に打っちゃったでしょうよ」

「何のために、そんなことを……」

伊藤が問い返すと、小春はまた妖艶な笑みを浮かべて、

「言ったでしょ。火事に見せかけて、千両を奪い取るためですよ」

「店の主人なのだから、奪い取る必要はないではないか」

「それが、あるんです……勘兵衛は鮫吉に脅されてましたからね。この際、鮫吉を殺して、店の金もなくなったことにして、片を付けたいと勘兵衛は考えたんですよ」

淡々と言う小春を、勘兵衛は思わず怒鳴りつけた。

「出鱈目を言うな！　なんだ、おまえは！」

「誰にも気づかれないように盗みを働き、霧のように消える――それが、あんたの真《しん》骨頂《こっちょう》だったのに、今度は焦ったのかしら、自分で下手をこいたわねえ……〝カマイタチの竜〟さん」

小春はニッコリと笑いかけた。

「――な、なんだと!?」

驚いたのは伊藤の方だった。だが、勘兵衛は動揺もせず、黙したまま、小春を見て

いる。そして、冷静な目つきで、

「頭がおかしい女ですな。伊藤様、こんな輩をまともに相手にしていたら、旦那の方が笑われますよ」

「だが、この女は、かなり詳しいことを話した。鮫吉のことも知ってたし……」

と伊藤が言いかけたとき、

「御免下さいやし」

声があって、市助が入ってきた。勝手口に廻って、裏庭に立った。同心の屋敷とはいえ、座敷に上がるのは憚《はばか》られるのだ。

「旦那。ええことが分かりました。『佐渡屋』の火事場で見つかった亡骸は、よく調べ直したら、一部残っていた肌の刺青から、鮫吉だと分かったんでやす。やはり、福太の身代わりとして……」

と言いかけた市助が、小春を見て、「おや?」と首を傾《かし》げた。小春の方も市助の顔を覚えていたのか、曖昧《あいまい》な笑みを投げかけ、

「これは、市助の親分さん。先日は、お世話になりました」

「——あ、ああ。誰だっけ……ええと、もしかして……」

「おや、お忘れですか。寂しいったら、ありゃしませんわ、まったくもう」

つねる仕草をして、あまりにも堂々と立ち去るので、市助は狐に抓《つま》まれたような顔をしていたが、

「あっ！　おるいじゃねえか!?　おい。なんだって、おまえ、こんな所に！」

と追いかけようとしたが、まさに狐のようにドロンと姿を消して、屋敷から素早く立ち去っていた。不思議がる伊藤は、市助に説明を請《こ》うたが、口下手《くちべた》な市助はしどろもどろになった。

だが、勘兵衛の方が、ここぞとばかりに、

「もしかして、市助さん……あの女に、何両かせしめられましたか？　身売りされるくらいなら、死んだ方がいいとか言われて」

「えっ……どうして、それを？」

「あの女狐は、そうやって人を誑《たぶら》かして暮らしてる性悪《しょうわる》女なんですよ……伊藤様もお分かりになったでしょ。あの女が言ってることは、すべて出鱈目。ありもしないことをでっち上げて、相手が少しでも弱みを見せたら、食らいついて金をせしめるんです」

「——そうなのか……？」

伊藤も一瞬、訝《いぶか》しんだが、はたと我に返ったように勘兵衛を凝視《ぎょうし》し、

「妙な話ではないか。おまえ、さっきは、あの女のことは知らないと言ったな」

「えっ……」

「詳しく話して貰おうか。おまえ、本当に〝カマイタチの竜〟なのか？」

一体、何が起こったのか分からない様子で、市助は目を白黒させていた。勘兵衛は〝カマイタチの竜〟であることは、キッパリと否定をし、小春が何処の誰かも分からないと改めて、言い張った。

だが、さすがに伊藤は怪しいと思い、逃がさぬようにと、小者《こもの》に縄をかけさせた。

「旦那。私が一体、何を！　罪人でもないのに、こんなことをすれば……」

「罪人かどうかは、これから調べるよ。藤堂様が、おまえを俺に預けた意味が、少しずつ分かってきた気がした」

伊藤は真剣なまなざしを向けた。

六

どうでも、おるいこと小春をとっ捕まえねばならぬと、市助は躍起《やっき》になった。

たった今、目の前にいた女を取り逃がした悔しさで、市助は自分に苛立ちながら、行方を追った。

「まったく……伊藤の旦那は役立たずだな。何のために、勘兵衛を預かってんだ。しかも、向こうから飛び込んできた、肝心《かんじん》な女を逃がしちまって……」

不平不満を言っても始まらない。かといって、闇雲《やみくも》に追っても分かるまい。市助は仕方なく、紋三を頼るしかなかった。伊藤から聞いた話も逐一《ちくいち》話すと、

「市助……おまえはもう手を引けと言っただろうが」

と紋三は呆《あき》れ顔で言った。

「へえ、ですが、あっしが助けた女は、親分から五両もふんだくったわけで……面目《めんぼく》ありやせん。修業が足《た》りやせん」

「金のことより、その女、何か色々と知っているようだな」

「ええ。どうでも捕まえないと、あっしの腹の虫も収まらねえし……」

悔しそうに唇を嚙む市助に、紋三は微笑《ほほえ》みかけて、

「実はもう、その女の居所は分かってる」

「え？」

「湯島天神《ゆしまてんじん》下の雀《すずめ》長屋だ。なに、浅草の伊右衛門が摑んでたのだ」

「どうして？　どういうことです。もしかして、親分は……」

「ああ。おまえが連れてきたときから、妙な娘だと思ってたんだ。だから、素性ぐらいは洗っておかねえとな」

「ひでえや。だったら、あっしに命じてくれたら……」

「鼻の下が伸びてたからよ、どうせロクな調べはできないと思ってたんだ」

紋三が苦笑《くしょう》したとき、お光《みつ》が奥から出てきた。当たり前のように、茶と最中《もなか》を差し出しながら、からかった。

「兄《あん》ちゃんはね、一目《ひとめ》で性悪女だと分かったそうよ。だから、大金を預けて油断をさせて、何が狙いか探ろうとしたの」

「そうだったんですかい。参《まい》ったなあ……では、あの五両、取り戻してきますから」

「そうよ。物凄い大金なんですからね。でも、もう少し泳がしてみれば？　というのが、兄ちゃんの考えなのよ」

「お光。余計なことを言うんじゃねえ。おまえは、いつだって……」

文句を言い始めた紋三に、ハイハイとかわしてから、お光はとにかく下手人を挙げることとしか、市助の立つ瀬はないと言い聞かせた。言われた方の市助もよく分かっているが、まだ駆け出しの、しかも少しとろくさい市助としては、何をどうしてよいか分からなかった。

「親分……そうか、分かったぞ。おるいだか小春だか知らないが、こっちが罠にかけりゃいいんですね。こいつは、いけるッ」

いつものように鼻を擦《こす》って、見境《みさかい》もなく飛び出していった。

「あいつは何をどうするつもりだ？」

紋三が短い溜息をつくと、お光も笑いながら、

「それより、兄ちゃんが、なんで市助さんなんかを下っ引に使ってるのか。私にはそっちの方が謎ですけど」

「そりゃ、役に立つからに決まってるじゃねえか」

「へえ、そうですかねえ……」

類《たぐ》い稀《まれ》な覚える力はあるのだが、それをどう使うかという配慮《はいりょ》には欠ける。だが、紋三にとっては、その〝記憶〟こそが大事なのだと密《ひそ》かに思っていた。

翌朝早く、湯島天神下の雀長屋に、市助が来たとき、井戸端で大騒ぎをしているかみさん連中の姿が目に飛び込んできた。

痩《や》せてるのや肥《ふと》っているのや、背の高いのから小柄まで色々な女房たちがいたが、みんな一様に声を大にして、

「出てこい、こらあ！　この泥棒猫めが！　只《ただ》では済まさないわよ！」

と一室の前で、恐ろしいくらい荒々しく表戸を叩いている。

中には箒《ほうき》や鉈《なた》まで持っている者もいた。その周りでは、亭主たちが「よせよ」「危ないじゃないか」「怪我したらどうするんだ」などと懸命《けんめい》に止めようとしているが、怒りが頂点に達している女房たちの勢いを止めることはできなかった。

「待ちねえ、待ちねえ。いってえ、何があったってんだ」

市助が止めにはいると、おかみが振るった鉈が当たりそうになった。

「バカ。危ないじゃねえか、こら」

十手を突き付ける市助に、長屋の人々はさあっと引いて、

「旦那……って、歳じゃないけど、親分さん。この女、どうにかして下さいな」

「親分ってほどじゃねえけど、どうにかしてやるよ。ここに住んでるのは、小春って女だな。そうだな」

「ええ。どうしようもない悪い女で、私たちの亭主に色目を使って、金目のものを随《ずい》分《ぶん》と貢《みつ》がせちゃってさあ」

おかみさんたちは喧々囂々《けんけんごうごう》の大騒ぎである。小春に籠絡《ろうらく》されて、長屋の男たちは全員、鼻の下を伸ばして、一日働いた駄賃を渡したり、着物や簪《かんざし》を買ってやったり、

美味い物を食べさせてやったりしていた。

六軒ある長屋に住む丑松《うしまつ》、金次《きんじ》、徳三《とくぞう》、万七《まんしち》、銀次郎《ぎんじろう》、勘八《かんぱち》の大工や植木職人、鋳《い》掛屋《かけや》らがみな、小春の色香に惑《まど》わされているというのだ。それで、おかみさんたちの怒りが沸点《ふってん》に達しているのだ。

「そうかい。そりゃ……俺も危なかったな……いや、引っかかったも同然か」

ぼやくように言ってから、市助は表戸を叩いて、

「小春！　俺だ。紋三親分の下で御用を預かってる、市助だ」

と声をかけた。

しばらくすると、少しだけ戸の隙間《すきま》が開《あ》いて、目だけ覗いた。途端、おかみさんたちが手を突っ込んで、乗り込もうとしたが、市助は必死に止めて、

「よせよせ、ここは俺に任せな」

と自分だけ強引《ごういん》に開いて入り、心張り棒をシッカリと掛けた。

おかみさんたちが耳をそばだてている様子を感じながらも、市助は真剣な顔になるや、デンと上がり框《がまち》に腰掛けた。

「四の五の言わせねえぞ、小春とやら。おまえは、おるいとかいう偽名で俺に近づき、紋三親分から五両もせしめた。まずは、それは返して貰おうか」

市助が強い口調で言うと、小春は蓮っ葉な態度のままで、

「はあ？　あんたが勝手にくれたんじゃなかったのかい。あれは親切ごかしで、利子でもつけろってか？」

「人を唆《そそのか》して金を奪って、悪いとは思ってねえのか。これを騙《かた》りってんだ」

「おや、あたしがいつ金をくれって言いました？」

「はっきりとは言ってなくても、金がなきゃ命を捨てるってな話をすりゃ、心ある人間なら助けたくなろうってもんだ。おまえはな、人様の情けを利用して、食い物にしてるだけの性悪女だ。俺の一件だけでも、お縄にできるんだぜ、おい」

「なら、どうぞ、お縄にして下さいな」

両手を後ろに廻して、さあ縛れとばかりに睨み上げた。一瞬、ためらった市助だが、思うところがあって、

「そうかい。なら遠慮なく……」

とグイグイと縛り上げた。

それでも小春は平気な顔をしている。肝《きも》の据《す》わった態度だが、言葉は乱暴ではなく、

「煮るなと焼くなと好きにすりゃいい。どうせ私みたいな女は、悪い男に利用されるだけされて捨てられるのが運命《さだめ》……ここいらが潮時《しおどき》かねえ」

と居直《いなお》ると、市助は言った。

「これでも、情けをかけてやってるのが分からねえのか」

「え……？」

「表は、おまえをぶっ殺そうっていう、かみさん連中が、わんさかいる。そいつらから、守ってやるんだよ」

恩着せがましく言った市助は、心張り棒を外《はず》して、小春を引っ張って表に出た。

「こいつの悪事は、俺が調べた上で、おまえたちの分も取り返してやるから、安心するがいいぜ。俺は、〝もんなか紋三〟の一の子分、市助ってんだ。よく覚えときな」

見得《みえ》を切るように一同を眺《なが》めてから、雀長屋から連れ去るのだった。

すぐさま近くの自身番に連れて行ってもよかったが、

「どうせ裁かれるなら紋三親分がいい」

と小春が願ったから、深川門前仲町まで連れて行くことにした。

途中、狂言で飛び降りようとした両国橋を通った。橋の中程に来ると、江戸城や富士山が一望に見える。豊かな水の流れは江戸湾に向かっており、荷物を積んだ川船や白魚漁の小船も浮かんでいた。

「――のどかですねえ……」

小春がぽつりと言った。同じことを思っていた市助も「そうだな」と返した。

「ごめんなさいね、市助親分……」

「ええ？」

「たしかに私は、狂言で人の情けを買い、それで飢えを凌《しの》ぐ暮らしをしてきました
……こんな美しくて穏《おだ》やかな景色なんざ、めったに見たことがない」

「そうなのか……？」

「産んでくれた母親の顔も、父親の顔も知りませんからねえ……貧しい出稼ぎの商人に拾われて、旅から旅……物乞いみたいに地べたばかり見て生きてきたような気がする。だから、大人になっても、食うためには人の情けに縋《すが》りつく癖がついてて……」

「…………」

「でも、あのときだけは、本当に死のうと思ってたんです……」

「もっと何か事情があるのかい」

「はい……あの雀長屋は、本当は……内緒ですよ。盗っ人宿と同じようなもので、盗っ人が住む〝こそ泥長屋〟なんです。もちろん、女房たちは知らないけれど、亭主は私と同じように、人を食い物にしてる」

「…………」

「だから、〝カマイタチの竜〟にいいように利用され、半ば無理矢理に子分にされて、大きな盗みのときは狩り出されるんです」

「──それで、おまえは〝カマイタチの竜〟の素顔を知っていたのか」

「はい。被害者面《づら》してるあの勘兵衛ですよ」

キッパリと小春が言うと、すべてを話してほっとしたのか、俄に涙顔になって、

「私は本当に……泥の中を生きてきたようなものですが……そんな汚い中でも、少しくらい綺麗《きれい》に咲きたい……女として生まれてきたんだから、少しくらいは……」

良い思いをしたくて人を騙していたと、小春は泣きながら話すのだった。

「大丈夫だ。端から俺は、おまえのことを悪い女だなんて思ってねえよ。紋三親分だって、きっと分かって下さる」

「そうでしょうか……」

「ああ。〝カマイタチの竜〟を捕まえる手助けをすりゃ、南町奉行の大岡様だって、罪を軽減してくれるだろうよ。安心しな。紋三親分と大岡様は大の親友みたいなもんだからよ」

市助が優しく肩を叩くと、小春は全身を振るわせて、むせぶのだった。

七

その夜——。

浅草の呉服問屋『越前屋《えちぜんや》』に、またもや盗賊が入った。

木戸番の報せで、浅草の伊右衛門らが駆けつけたときには、すでに逃走しようとしていた。が、〝たこ入道〟の異名《いみょう》を持つ伊右衛門は、その奇異《きい》な風貌とバカ力で、賊のひとりを取り押さえた。

実は、紋三に会った小春が、呉服問屋の『越前屋』が狙われるということを、事前に教えていたのだ。小春の話をすべて信じたわけではないが、盗っ人仲間から漏れたことだから、念には念を入れていたのだ。

だが、伊右衛門が縄に掛けて、賊のひとりを連れていこうとすると、一瞬の隙にダッと駆けて逃げ出した。

その前に、闇から現れて立ちはだかった陣笠陣羽織《じんがさじんばおり》の侍が、素早く抜刀《ばっとう》するなり、賊をバッサリと袈裟懸《けさが》けに斬った。そして、喘《あえ》ぐ相手の胸に止《とど》めを刺した。

息を継ぐ暇もないほどの出来事だった。

「おい！　何をしゃあがる！」

　怒鳴った伊右衛門を、侍はギラリと鋭い目で振り向いて、

「逃げたからだ。おまえがきちんと縛っておかなかったのが悪い」

　と言いながら血糊《ちのり》を懐紙《かいし》で拭《ぬぐ》って、刀を鞘《さや》に納めた。

「ふざけるな。斬ることはなかっただろう」

「貴様。俺を誰だと思うておる」

「北町奉行所の筆頭与力・長谷部半久郎様だってくらい分かってら」

「それでも食ってかかるのか」

「こちとら、紋三親分の身内の者でえ。ハッキリ言わせて貰うが、今のはやり過ぎだ。捕らえて吐《は》かせれば、他の者たちも一網打尽《いちもうだじん》だったかもしれねえ」

「てめえの失敗を俺のせいにするというのか。面白い……その話を、おまえたちの後ろ盾の大岡様にするがよい」

　紋三が大岡越前に可愛がられていることを、長谷部は百も承知しているのだ。

　伊右衛門はキリッと眉を上げ、

「あなたが斬ったことは間違いない。そして、他の一味を追捕する機を逸《のが》したことも含めて、紋三親分に伝えておきやす」

「勝手にせえ。こっちはこの三下は、〝カマイタチの竜〟の一味だというくらい百も承知している。仲間が何処にいるかも、な」

足下に倒れている賊を冷たく見下ろして、長谷部は背中を向けて立ち去った。

その日のうちに、長谷部は定町廻りや隠密廻りの同心はもとより、捕方を数十人集めて、雀長屋を取り囲んだ。

「ここが〝カマイタチの竜〟の隠れ家だということは先刻《せんこく》承知だ。大人しく縛に付け」

長谷部が高圧的に迫《せま》ると、長屋のかみさん連中は恐れおののいた。同時に、自分たちの亭主が盗みの一味だということは、到底《とうてい》信じられないと必死に訴えた。

「どけ、邪魔だッ」

長谷部は手にしていた笞《むち》をビシッと振りながら、かみさん連中を追っ払うと、逃げ惑う亭主たちを捕方に取り押さえさせた。

「勘弁して下せえ。俺たちゃ、ただ手伝いをしただけだ」

「そうだ。金になるからって頼まれてッ」

「盗っ人なんかじゃねえ。博奕の借金をチャラにするからってよう！」

「本当に悪い奴はもっといるんだ。俺たちゃ、ただの見張り番みたいなもんなんだよう」

懸命に言い訳をする亭主たちに、長谷部はまた笞を振り鳴らして、

「ええい！　これ以上騒ぐと、賊の仲間のように、この場で斬り捨てるぞ！　言い訳をするなら、お白洲で言うがよい。おまえたちが〝カマイタチの竜〟一味だというとは、紛《まぎ》れもない事実だ！　この長屋にいた小春が証言をしているゆえにな！」

小春の名に、おかみさんたちは愕然《がくぜん》となった。

逃げることもできず観念《かんねん》した亭主たちは、数珠《じゅず》繋ぎで連行されるのだった。

近所の人たちは驚きの目で見るしかなかった。たしかに、亭主たちは普通の暮らしをしていた大工や職人たちで、〝カマイタチの竜〟とは縁遠い人間たちであろう。

だが、今般の『佐渡屋』『大黒屋』そして『越前屋』の件は、鳴りを潜《ひそ》めていた〝カマイタチの竜〟一味の仕業《しわざ》であることは間違いなかろう。南北の奉行所はそう判断して、仲間を一網打尽にしたのである。

とはいえ、雀長屋の亭主たちだけでは、あまりにも〝役者不足〟である。

事実、長屋にも亭主たちの身の周りにも、何千両も盗んだ痕跡《こんせき》はない。隠している節もなかった。ゆえに、紋三としては、

——これで片が付いた。

とは到底、考えることができなかった。

だが、北町奉行所の筆頭与力の長谷部は、雀長屋の亭主たちを盗賊一味として吟味し、獄門に晒《さら》そうとしていた。

その長谷部が、紋三の家を訪ねてきたのは、〝カマイタチの竜〟一味を捕縛し、小伝馬町の牢屋敷に送り込んだ翌日のことだった。

敷居を跨《また》いで入って来るなり、開口一番、

「小春を出せ。隠し立てするとためにならぬぞ。分かるな」

と言った。

紋三は、伊藤が預かっていた勘兵衛のことを、〝カマイタチの竜〟その人であると聞いてから、自分の所で保護していた。勘兵衛は今、伊藤から離れて、南町奉行所の大岡越前が預かっている。

「いくら長谷部様でも、小春を預けることはできやせん」

「何故だ」

「〝カマイタチの竜〟が勘兵衛である——という証人のひとりだからです」

「だからこそ、渡せと言っておるのだ。北町が訴訟の月番であることは、おまえも承知しておろう。勘兵衛の身柄も、南町奉行と北町奉行同士で話がつき、今日中にでも引き取りに行くことになっておる」

「お白洲のためでやすね」

「分かっておるなら、小春も渡すがよい」

「いいえ。重要な証人でございやすから、渡すわけには参りません。北町だろうと南町だろうと、お白洲に出向くときには、あっしも一緒に参りますので、その折に、必ず……」

言いかけた紋三の声を遮《さえぎ》るように、長谷部は野太い声で、鋭く睨みつけながら、

「いい気になるなよ、紋三……お白洲を開く権限は北町にあるのだ。むろん下手人も証人もすべて事前に吟味方で詮議をした上で、北町奉行の諏訪美濃守《すわみののかみ》様がお裁きになることは、おまえも承知しておろう」

「あっしが気にしているのは、その証人として、小春が消されることとです」

「——なんだと……？」

さらに険しい目つきになった長谷部に、端《はた》から見ていたお光も緊張するほどに、紋三はズケズケと言った。

「そりゃ、そうでござんしょう。雀長屋の連中はたしかに盗っ人の真似事をしたかも

しれねえが、小遣い稼ぎのこと。あっしの調べじゃ、〝カマイタチの竜〟の一味じゃございやせん」

「真似事でも罪は罪だが？」

「そのとおりです。しかるべき罰は受けさせなきゃいけやせん。ですが、肝心なのは、〝カマイタチの竜〟その者を捕縛しなけりゃ、またぞろ商家が狙われるってことでさ……」

「何が言いたい」

「長谷部様は、〝カマイタチの竜〟の頭目が誰か知っておりながら、どうでもいい三下を捕縛して盗賊一味に仕立て、頭目を逃がそうとしてやせんか？」

「まるで、俺が盗賊と通じてるような言い草だな……さような無礼、許さぬぞ」

「通じてる？　冗談じゃありやせん。通じてるどころか、ガッチリ肩を組んでる、仲間じゃありやせんか」

紋三が鋭い目で睨み上げると、長谷部は一瞬、たじろぐように肩を動かしたが、

「ありもせぬことを、よう言うた紋三……今、ほざいたこと決して忘れるでないぞ。おまえは、己だけではなく。大岡様も門弟の十手持ちらにも迷惑をかけることになる。いや、みな一同に潰《つぶ》されることとなろう」

「潰せるものなら、潰して下せえ。あっしは、ありもしねえことで、人を恫喝《どうかつ》するほど、自信家じゃありやせんので」

揺るぎない目つきの紋三を、苦々《にがにが》しく睨み返した長谷部は、

「子分が子分なら、親分も親分だな」

と吐き捨てて、踵《きびす》を返して出ていった。だが、必ず報復してやるというギラついた目つきであった。

一応、ご苦労様ですと見送ったお光は、不安な顔になって、

「兄ちゃん、大丈夫なの、あんなことを言って……大岡様にも本当に迷惑はかからないのですか、ねえ……」

「おまえが案ずることじゃねえよ。俺は、市助の前で見せたという、小春の涙を信じてみたいと思ったまでだ」

「でも、浅草の伊右衛門親分や神田《かんだ》の松蔵《まつぞう》親分の話じゃ、『越前屋』のことは誘い水で、雀長屋を捕縛するためだったとか……こんなことは言いたくないけれど、もしかして小春さんも一味と関わりがあるんじゃ？」

お光は心配そうに訊いたが、紋三はキッパリと、

「だとしたら余計、小春を守ってやらなきゃなるめえ」

と言った。

「そうね……兄ちゃんらしい……」

微笑んで返すお光と、当たり前のような顔をしている紋三のふたり——奥に続く廊下の片隅から、小春がじっと見ていた。

八

北町奉行所のお白洲では、諏訪美濃守が素早い裁断をし、雀長屋の丑松、金次、徳三、万七、銀次郎、勘八の全員を、〝カマイタチの竜〟一味と見なし、直ちに小塚原《こづかっぱら》の刑場送りとなった。

「——し、知らねえ……本当に違うんだ」

「俺たちゃ、頼まれて、梯子を貸したり、提灯《ちょうちん》を持ってたり、事前に心張り棒を外したりしてただけです。へえ」

「〝カマイタチの竜〟の一味なんかじゃありやせん」

「頭目が誰かすら、俺たちゃ知らねえ」

捕縛されたときと同じような言葉を繰り返して泣いたが、諏訪美濃守は盗っ人一味と断定し、即刻、処刑と判断したのだ。

もっとも、死罪にするには、評定所において許可が出ないと刑の実行はできない。が、これまでの経緯から、極刑が出た場合も、奉行の追認をすることで対応することもあった。今般は、〝カマイタチの竜〟という江戸を騒がせた一味に関することであるから、事前に協議ができていた。

市中引き廻しされた上で、刑場の露《つゆ》と消える。おいおいと涙を流しながら、与力や同心に連れ歩かされる丑松や金次の姿は哀れであった。あちこちから石も飛んでくる。あれほど、小春の誘惑に負けて、叩きのめそうとしていたおかみさん連中も、道端から嗚咽しながら見送っている。役人たちに、「お助け下さい。亭主たちはそんな玉じゃありません！」と懸命に訴えていた。

そんな最中《さなか》のことである。

またしても、薬種《やくしゅ》問屋『金峰堂《きんぽうどう》』という日本橋《にほんばし》の大店に賊が入った。白昼堂々《はくちゅうどうどう》と、数人の賊が押し込み、アッという間に奉公人たちを打ちのめし、蔵の鍵を奪い取って、千両箱をまんまと盗んだのだ。

しかも、市中引き廻しの刑の行列の真ん前を横切るように逃げ、そのまま掘割《ほりわり》に停めていた船に乗り込み、大川へと漕《こ》ぎ出したのである。

「あっ！　〝カマイタチの竜〟だ！」

と誰かが叫んだが、与力や同心たちは一瞬、追うのをためらった。冗談ではないかと思ったからだ。

だが、その直後、『金峰堂』の主人や手代らが這々《ほうほう》の体で店から駆けてきて、懸命に訴えるのだった。

「今の奴ら、あいつらが盗んで逃げました。カ……〝カマイタチの竜〟です」

必死に大声を発する主人たちを、市中引き廻しに立ち合っていた長谷部は、奇異な目つきで睨んでいた。

その騒ぎを受けて、北町奉行所は市中引き廻しや獄門の刑を一旦、差し止め、丑松や金次たちは、処刑待ちの咎人《とがにん》として、小伝馬町に送り返された。

「薬種問屋の騒ぎも〝カマイタチの竜〟の仕業ならば、まだ仲間もいると考え、後のお白洲のため、仲間の丑松たちも残しておき、証言を得るべし」

と諏訪美濃守が宣言したからだ。

しかも、『金峰堂』の事件と前後して、伊藤洋三郎が預かっていた勘兵衛が、隙を狙って逃げ出していた。そのことで、南北の町奉行所は、失態を犯したと躍起《やっき》になっていたのである。

その夜、目黒行人坂《めぐろぎょうにんざか》を下った太鼓橋側《たいこばしそば》の百姓屋敷に、長谷部の姿があった。編笠《あみがさ》を被《かぶ》り、いかにも微行《びこう》姿であった。

目黒川沿いの周辺は、松平越中守《えっちゅうのかみ》の屋敷はあるものの、ほとんどが百姓地で、秋の虫がうるさいくらいであった。月もなく、その先にある目黒不動の灯籠《とうろう》の明かりが、木立《こだち》の中にわずかに漏《も》れているが、いかにも幽霊が出そうな雰囲気であった。

川の音がサラサラと聞こえており、長谷部の足音も消されていた。

藁葺《わらぶ》き屋根の庄屋風の屋敷がある。敷地内に入るなり、

「——おいッ……」

と少し怒ったように声をかけた。

屋敷の中は真っ暗で、人の気配《けはい》はなく、返事も返ってこなかった。

「なぜ、あんな真似をした。俺の親心を踏みにじる気か。聞こえてないのか！」

扉に手をあてがいガッと引き戸を開けると、中は真っ暗で、猫の子一匹いなかった。シンとしていて、やはり気配はない。

チッと舌打ちした長谷部は土足のまま上がり込んで、奥へ繋がる襖《ふすま》を開けたが、そこにも誰もいなかった。ただ、飲み残した酒徳利《さけどっくり》や盃《さかずき》が転がっており、臭《にお》いが充満《じゅうまん》

していた。

「まさか……裏切ったんじゃあるまいな」

長谷部はさらに部屋や廊下を歩き、裏庭にある米や炭を入れておく小屋に入った。

だが、そこは筵《むしろ》が散乱しているだけで、物はなにひとつなかった。

「！——ない……ない……千両箱は何ひとつないッ……おのれ、勘兵衛……裏切りやがったな、あいつら……！」

口の中で呟くと、長谷部は地団駄《じだんだ》を踏むように屋敷の中に再び入って、

「勘兵衛！　何処だ！　貴様ら、只じゃおかぬぞ！」

声を荒《あら》らげたとき、勝手口の方からガタッと微《かす》かに物音がした。

長谷部が裏手に向かって、木戸を開けると、そこには——数人の男たちが揃って、後ろ手に縛《しば》られ、猿轡《さるぐつわ》を嚙まされていた。

「!?——」

驚いて声もでなかった。長谷部は目の前の男たちが、何者であるかを知っている。

その中には、勘兵衛の姿もあった。

長谷部はすぐに勘兵衛の猿轡を外してやり、

「どういうことだ……伊藤からおまえを逃がしてやったというのに、一体、これはど

ういうわけだ」

「わ、分かりません……」

「分からないで済むか。しっかりしろッ」

勘兵衛に平手打ちを一発食らわしてから、長谷部は首根っこを摑んだ。

「ここで大人しくしてろって言ったはずだ。なのに、下手なことをしてくれたから、〝カマイタチの竜〟の仲間は他にいると、勘繰られたではないかッ……」

と言いかけてから、ハタと何かに気づいて、

「待てよ。では、おまえたちではないのか、薬種問屋の『金峰堂』を襲ったのは」

「何のことですか……し、知りません……」

「…………」

「俺たちは、あいつらが処刑されるまで、大人しくここに隠れてて、それからじっくりと分け前を持って、しばらくは江戸を離れるつもりでした」

「——これは、誰にやられたんだ」

「さっぱり分かりやせん……いきなり大勢の腕っ節の強いのが乗り込んできて、あっという間にこんな目に……」

困惑《こんわく》した顔は勘兵衛だけではなく、他の者たちも同じだった。

「小屋の中に隠し置いてた千両箱は、何処へ運んだ」

猿轡をされたまま、男たちは一様に、知らないと首を振った。そして、救いを求めるような目で体を動かした。

「そうか……知らぬか……」

長谷部は絞り出すような声になると、ゆっくりと刀を抜きながら、

「さすがは紋三……おまえの勘の良さを褒《ほ》めてやる……悪いが死んで貰うぜ。下手を踏んだ、てめえを恨みな」

と言うと、勘兵衛は目をカッと見開いて、

「か、勘弁して下せえ。俺たちは何も……ただ、言われるままにしてたんだ。落ち度は何ひとつありやせん」

と必死に訴えた。

しかし、容赦《ようしゃ》せぬとばかりに刀を脳天に突き落とそうとした。

そのとき――。

ビシッと胡桃《くるみ》が飛んできて、長谷部の顔面に当たった。

「誰だ！」

振り向くと、そこには紋三と、数人の手下が暗闇の中に立っていた。

長谷部たちが目を凝らしていると、『紋』という提灯明かりがふたつみっつ浮かんで、姿を現したのは——紋三と〝十八人衆〟のうち数人の岡っ引たちだった。

「おまえは……」

緊張が走って腰の刀に手をあてがい、長谷部は身構えた。

ズイと出た紋三は険しい顔つきで、

「……門前仲町の紋三でやす。長谷部様、もう言い訳は無用でござんしょう。大人しくお縄になれば、代々、与力の家柄の面子《メンツ》だけは立つと思いやすが、如何《いかが》でしょう」

「——何の話だ……」

「往生際《おうじょうぎわ》が悪いですぜ。勘兵衛もすべて吐きやした。すべては長谷部様の命じるままに働いてきたと。海産物問屋の『佐渡屋』の主人に収まったのも、市井《しせい》に埋もれて盗っ人の正体を隠すため……だが、それを女房のおさよや番頭や手代たちに気づかれたので、火事に見せかけて殺し、金目のものはぜんぶ、事前にここに運び込んでた」

「…………」

「盗賊とは知らず、一緒になった女房まで殺す人でなしだから、もはや情けを掛ける余地もないでしょう」

責め立てるように話す紋三を、長谷部はじっと聞いていた。

「日本橋の両替商『大黒屋』や『越前屋』を襲ったのは、そこに縛られてる連中……ですが、日本橋の薬種問屋『金峰堂』の一件は、あっしが手下らとともに仕組んだことです。むろん、勘兵衛を逃がしたのも……この隠れ家を探すため、そして、長谷部様、あなたを誘《おび》き寄せるため」

「………」

「もちろん、小屋にあった盗まれた金は、ぜんぶ大店に返しやした。さあ、じっくりと話を聞かせて頂きやしょう」

詰め寄るように言う紋三に、ニンマリと長谷部は頷いて、

「よく調べた紋三。褒《ほ》めてつかわすぞ……実は、俺も〝カマイタチの竜〟を追い詰めるために、南町奉行所で急いで採決して貰い、こやつらを油断させて素性を暴こうと……勘兵衛。観念するんだな」

と振り返り様、抜刀しようとした。

が、その腕に伊右衛門の投げ縄が飛んできて絡みついた。さらに、松蔵が四股《しこ》を踏むように近づいて組みつくなり、投げ倒した。

「ほとほと呆れた与力様だ。後は、大岡様と諏訪様の協議で決着が付くだろう。小春という証人もいやすからねえ」

紋三が淡々と言うと、〝十八人衆〟たちは各々、盗賊一味を引っ立てると、

「何をする！　俺を誰だと思ってるのだ！　おまえらみな、ぶった斬ってやる！」

まだ喚《わめ》き散らす長谷部を捕縛した。

その後――。

お白洲で、全てを話した小春は、紋三の嘆願《たんがん》も虚《むな》しく、遠島《えんとう》となった。〝カマイタチの竜〟に知らないうちに利用されていたとはいえ、長年、重《かさ》ねた罪は重《おも》かったからである。

流人船で送られた後、紋三のところに、市助宛ての小春からの文が届けられた。その封書には、五両が入っており、悪行の懺悔《ざんげ》が記された後に、

――あの夜、両国橋から飛び降りて死のうと思ったのは、本気でした。でも、思いがけず市助さんに助けられて、もう一度、やり直そうと思ったのに、元の自分から抜け出せないでいました。自業自得です。本当にごめんなさい。

と書かれていた。

気のせいか、文字が滲《にじ》んで見える。

市助が震える手で何度も文を読んでいる姿を、紋三とお光は言葉をかけることもなく、じっと見つめていた。

第三話　枯れ紅葉《もみじ》

一

江戸城本丸御殿・芙蓉之間《ふようのま》に詰めている幕府重臣たちは落ち着きなく、不安めいた言葉を交《か》わしていた。

「このままでは江戸は壊滅《かいめつ》じゃ」

「人々は悶《もだ》え苦しみ、必ずや地獄絵となるであろう」

「もはや打つ手立てはないのか。座して死を待つしかないのか」

「諦《あきら》めてはならぬ」

「さよう、かような一大事の折こそ、知恵と力を出し合わねば」

などと不穏《ふおん》な言葉が飛んでいる。

八代将軍吉宗《よしむね》の治世《ちせい》になってからも、江戸や大坂の大火、浅間山《あさまやま》の噴火や諸国の地震や豪雨、さらには隕石《いんせき》の落下など天災地変にあって、〝伊勢おかげ参り〟が流行《はや》っていた。幕府は、国家再建に向けて様々な改革を進めていたが、景気は必ずしも芳《かんば》しくない。異国船が近海に現れることもあり、物騒《ぶっそう》な世相も重《かさ》なって、不吉な空気が広がりつつあった。

芙蓉之間は、寺社奉行、町奉行、勘定《かんじょう》奉行、大目付という幕府の〝最高裁〟である評定所《ひょうじょうしょ》を担《にな》う面々と、奏者番《そうしゃばん》をはじめ、大坂城代、京都所司代、駿府城代《すんぷじょうだい》の他、長崎《ながさき》奉行、山田《やまだ》奉行、佐渡《さど》奉行ら遠国《おんごく》奉行などが詰める大広間である。

だが──この重臣たちが話しているのは、外患《がいかん》のことではない。内憂《ないゆう》とも少し違う。この一月《ひとつき》余りで、爆発的に広がった流行病《はやりやまい》のことで、侃々諤々《かんかんがくがく》と意見を交わしていたのだ。

初めの患者は、〝芥屋《あくたや》〟と呼ばれる塵芥《じんかい》取扱人だった。突然、全身に斑《まだら》模様の斑点《はんてん》が広がり、高熱にうなされながら、呼吸困難で死に至《いた》ったのだ。

すでに数人の死者が出ており、同じような症状が出ているのは、三百人とも五百人とも言われている。西洋ではかつて〝黒死病〟というペストが広がったことは、幕府の上層部や蘭方医などは当然、知っていた。ゆえに、近海に現れる船や、長崎から江戸に来るカピタンなどを介して、病原菌《びょうげんきん》が江戸中に広がったのではないかと危惧《きぐ》されていた。

洋学好きの吉宗は、天文学や測量学、薬学、生物学、医学などの知識も充分《じゅうぶん》にあった。それゆえ、神仏《しんぶつ》の怒りに触《ふ》れたとか、風土病《ふうどびょう》だと片付けることはしなかった。病《やまい》に何らかの〝黴菌《ばいきん》〟が媒介《ばいかい》していることは、古来《こらい》、知られていた。

目に見えないから恐怖であり、〝あかもがさ〟と呼ばれた麻疹《はしか》が厄介《やっかい》な流行病で、平安京を襲って、多くの人々が亡くなった記録も残っている。江戸時代にあっても、疱瘡《ほうそう》、麻疹、水疱瘡《みずぼうそう》は致死病《ちしびょう》と怖《おそ》れられていた。

この病に対する決定的な薬はなく、熱を下げたり、咳《せき》を和《やわ》らげるくらいしか対処できない。感染《かんせん》することは分かっていたので、患者になれば、吉宗肝煎《きもい》りで作った小石川養生所《こいしかわようじょうしょ》の一角に隔離《かくり》される。しかし、そこも既《すで》に手一杯になっていた。

将軍と老中、若年寄による合議が、朝の四つから執り行われていたが、昼の八つになって、ようやく方針が決まったようだ。

老中首座・内藤紀伊守《ないとうきいのかみ》が芙蓉之間に来て、言ったことは、

——しばらく静観《せいかん》する。

とのことだった。

ずっと待っていた芙蓉之間詰めの幕府重臣たちは、肩透かしを食らったように、内藤を見上げていた。

「どういうことでございます、御老中。静観するとは、苦しんでいる人々を見捨てることも同然ではありませぬかッ」

思わず腰を浮かして声を発したのは、まだ三十半ばの奏者番で寺社奉行・土屋采女正《つちやうねめのしょう》であった。

奏者番とは、大名が将軍拝謁《はいえつ》する儀式の際に、姓名や官位の奏上、進物の披露《ひろう》、下賜物《かしぶつ》の伝達などをする重く厳《おごそ》かな役職である。他に将軍家の仏事、御三家の法会《ほうえ》はもとより、大名や旗本の間を取り次ぎ、年頭、五節句、叙任《じょにん》、参勤、就封《しゅうほう》などの折には、恙《つつが》なく儀式を遂行《すいこう》する極《きわ》めて緊張する職務である。

それゆえ、出自に優《すぐ》れており、頭脳明晰《めいせき》で英邁《えいまい》な人物に加えて、態度が立派で言語も流暢《りゅうちょう》でなければならない。しかも、古式ゆかしい有職故実《ゆうそくこじつ》に通じている必要がある。おおむね寺社奉行と兼任であるのもそのためで、日頃からの鍛錬《たんれん》や稽古を怠《おこた》ることはできなかった。

「内藤様……黙って見ているだけなら、私たち役人はいらないのではありませぬか。適宜《てきぎ》、指示をお出し下さいませ。どのようなことでも、すぐに動けるよう態勢を整えておりますれば」

「流行病へのことなら、奥医師の水無瀬順庵《みなせじゅんあん》らが対処しておるし、小石川養生所医師も頑張っておる」

水無瀬順庵とは、長崎で最先端の西洋医学を究めた蘭学医として、また将軍家御殿医として君臨しており、その権威《けんい》は諸大名でも平伏《へいふく》するほど高かった。

「しかし、このままでは……塵芥取扱人が死んだことから、あの洲崎沖《すざきおき》にある塵芥捨て場に黴菌が増えているとも考えられます」

百万もの人々が暮らしている江戸は、大量の塵芥を出している。明暦《めいれき》元年（一六五五）より、江戸の町の人々は永代島《えいたいじま》まで、塵芥を捨てに行くことが決められた。他の所に捨てれば、厳しい処罰がなされる。

当時、永代島は隅田川の河口にある洲であり、沼沢地《しょうたくち》みたいなものだった。そこが段々と塵芥と土砂《どしゃ》で埋まり、砂島《すなじま》や越中島《えっちゅうじま》などに塵芥捨て場は広がっていくのである。そのため、費用は町々で担《にな》っているが、次第に塵芥取り扱《あつか》いを専門にする芥船などの業者が生まれた。やがて、享保《きょうほう》年間には、塵芥処理は幕府の独占事業になり、塵芥請負人の制度ができたのである。

幕府が発行する鑑札《かんさつ》を持つ業者しか、塵芥を扱えない。そのもとで、流行病が発生したとなれば、幕府自体の責任も問われかねない。だからこそ、幕閣では問題にしているのだ。しかし、内藤はその危機感が乏しい。

「我々がやるべきことは、騒ぎを大きくしないことだ。あらぬ噂が流れ、人々が混乱し、余計な騒動が起こることこそを止めなければならぬ。町人共は根拠もなく、事を大袈裟《おおげさ》に駆り立てるゆえな」

内藤の言い分ももっともな面もある。社会不安が広がれば、余計に厄介《やっかい》になることもあるからだ。だが、事は人命《じんめい》に関わる重大な局面である。内藤はさらに追及をしようとしたが、他の奏者番らが止めた。

――ふん……。

内藤は特段の策も下達《げたつ》せず、立ち去った。芙蓉之間詰めの奉行や大目付たちはみな、心の中では、内藤のことを「無能だ」と思っているのだが、口には出せない。なぜか、吉宗のお気に入りの人材だったからである。

「まったく、内藤様の優柔不断には呆れ果てる……」

暗澹《あんたん》たる気持ちになる土屋だが、自分も実は、どちらかというと決断力に欠ける。上役が右と言えば右を向くし、黒を白と言われれば白と答える。そんな自分が情けないが、持って生まれた性分かもしれぬ。十八の若さで藩主になってからも、家老たち重臣に思うがままに操《あやつ》られているとも感じていた。

しかし、江戸から流行病が広まれば、自分の領国はもとより、諸藩に影響するに違いない。人々の騒乱を気にするよりも先に、手を打たねばならぬことは山ほどあるだろうと、土屋は思っていた。

防疫《ぼうえき》に関することは、若年寄《わかどしより》差配《さはい》のもとで施《ほどこ》すことを話し合って散会し、土屋は屋敷には帰らなかった。馬場先門《ばばさきもん》にて駕籠《かご》に乗るや、すぐさま永代橋を渡り、富岡八幡《とみおかはちまん》の門前町通りを通って、三十三間堂《さんじゅうさんげんどう》近くの入船町《いりふねちょう》まで来た。

そこから洲崎沖に新たに造られている塵芥の島は、目と鼻の先である。家臣たちは、黴菌がうつるのではないかと案じていた。

掘割《ほりわり》沿いにある長屋の前で降り立つと、土屋はためらうこともなく木戸口《きどぐち》をくぐり、手前の一室を訪ねた。

「藪坂《やぶざか》先生！　藪坂清堂《せいどう》先生はおらぬか！」

突然の大声に、長屋の住人——いや、患者たちは吃驚《びっくり》したように飛び出てくる者もいた。木戸口の外には武家駕籠が停《と》まっているし、目の前には裃《かみしも》姿の偉そうな侍が立っているので、患者たちは一瞬、平伏した。

ここは、藪坂清堂という漢方医の住まいであり、長屋を一棟丸ごと借り切って、診療所としていたのである。元は大家の名の『源吉長屋《げんきち》』だった。だが、今は、看板を出しているわけではないが、『小石川養生所』の深川《ふかがわ》版ということで、誰ともなく『深川養生所』と呼んでいた。

「清堂先生！　おらぬかと申すにッ」

何度か土屋が繰り返していると、診察室から出てきた、まだ十六、七の童顔の残る見習い医師高山和馬《たかやまかずま》が、

「騒々しい。何事でございましょう……」

と声をかけようとして、裃姿を見て、

「あれ？　土屋様じゃありませんか……そんな身形《みなり》をされてるから、いつもの着流しの土屋様とは別人かと思いました……奏者番で寺社奉行とは承知しておりましたが、いやはや見違えました」

「無礼者！　今日は将棋を指しに来たのではない。御用の筋だ。清堂先生はおらぬのか！」

「そんな大声を出さなくても、ほら、ご覧のとおり……」

表の看板には——『本日休診』と掛けられてあった。

「本日休診……ということは、清堂先生は、またぞろ、紋三親分に頼まれて、何か良

からぬことを、おっぱじめおったな」

深川の名医として知られている藪坂清堂は、紋三《もんぞう》が子供の頃の寺子屋の師匠のようなものである。今や、江戸市中に〝十八人衆〟と呼ばれる大親分の元締めでありながら、唯一《ゆいいつ》、頭の上がらぬ御仁と言ってもよい。

「良からぬとは……お言葉ですが、師匠が休診中ということは、御用に励《はげ》んでいるという証《あかし》でございます」

「分かっておるッ。だから、良からぬことだと言うたのだ。ああ、こうしちゃおれぬ。おい、和馬。先生は何処《どこ》で何をしておる！」

この場で裃を脱ぎ捨てながら、慌《あわ》てる土屋の様子を、長屋の患者たちは小馬鹿にしたように笑いながら指さしていた。

下町に来れば、権威《けんい》の欠片《かけら》もない土屋だが、それはそれで好ましい光景ではあった。

二

洲崎は浅蜊《あさり》が豊富におり、少し沖合に行けば底引き網で、鮃《ひらめ》や鯊《はぜ》、鱚《きす》、穴子《あなご》など江戸前の魚がわんさか獲《と》れる海である。

その沖合に塵芥の島を作ったこと自体が間違いであると、地元の漁師たちは怒っていた。幕府には町年寄や町名主を通して、塵芥の島を永代島の方に移すよう、何度も嘆願《たんがん》した。が、何処の島も満杯で聞き入れて貰えない状態である。

しかも、永代島や越中島などは隅田川の河口に当たるから、土砂が流れ込んだり、海水が逆流して思わぬ災害が起こる。だから、江戸の中心部から離れており、しかも材木の貯蔵場以外に人里が少ない洲崎沖が、塵芥捨て場として選ばれたのであった。

塵芥の島は大体、数十間の沖合に杭《くい》を打って壁を作り、囲むように塵芥を沈め、その上に土砂を埋めてゆく。江戸湾の沖に流れていかないようにするためだ。そして、沖の壁から土砂や塵芥を埋め始め、最後は陸と繋がることになる。

その埋め立て地をしっかり固めた上で、新たな町として作る計画もある。深川がそもそも埋め立てられてできたものだ。ゆえに、「新たな埋め立て地を作るのに何の文句がある」とでも、幕府は言いたいのであろう。

とまれ、漁労《ぎょろう》に携《たずさ》わる人々にとっては、漁をする範囲が限られてくるし、今般のような流行病の噂が流れると、新鮮な魚介類であっても日本橋の魚市場で扱ってくれなくなる。まさに風評被害を食らうのだ。

その塵芥の島の一角では――。

総髪《そうはつ》に黒っぽい作務衣《さむえ》を着た、体格のガッチリとした男が、こんもりとある塵芥や土砂に顔を突っ込むようにして、何かをせっせと採取している。他にも、数人の人足《にんそく》が手伝っている。幾つかの袋に細かく分けているようだが、遠目に見れば、塵芥漁《あさ》りをしているようにしか見えない。

「うむ。このくらいでよかろう」

立ち上がった男は、塵芥の島の遥《はる》か沖に目をやった。

そこには、もっと大きな〝竜宮城〟と皮肉を込めて呼ばれている埋め立て地がある。人も住んでいる様子があるが、海風に吹き晒《さら》されている。

一緒に働いていた人足のひとりが、

「今、噂の……とんでもないものを、異国から持ち込まれたとあっちゃ、たまったもんじゃない。あやつら、黴菌をばらまいて、俺たちを殺すつもりじゃねえだろうな……ねえ、清堂先生」

と声をかけた。

黙々《もくもく》と採取している、先生と呼ばれた総髪の男は、一介《いっかい》の町医者・藪坂清堂だが、元は小石川養生所見廻りの与力だった。

少しほつれた鬢《びん》には白い物が混じっている還暦《かんれき》過ぎの男だが、動きは若い者たちよりも機敏《きびん》であった。

その任に就《つ》いていた三十年程前は、天災飢饉《てんさいききん》の続く関八州《かんはっしゅう》からぞろぞろと人々が職を求めて江戸に流れてきていた。幕府も〝人返し令〟などによって帰村を促《うなが》したが、干上《ひあ》がった田畑では作物も作ることが適《かな》わず、日雇いの普請《ふしん》人足として働かざるを得なかった。

だが、職にあぶれた者たちは物乞《ものご》いの真似をしたり、宿無しの行き倒れ同然の暮らしを強《し》いられ、江戸市中は明日をも知れない人々で溢《あふ》れた。おのずと治安《ちあん》と衛生が悪くなり、怪我人や病人が増える。しかし、貧乏で治療を受ける金もなかった。

そんな状況があったから、吉宗が将軍について後《のち》に設けた、無料で施しを受けられる小石川養生所に人々は担《かつ》ぎ込まれてきた。

元々、貧しい者たちの施薬院《せやくいん》のような役目があった所だから、すでに定員を超える患者がおり、流れ者の面倒を見る余裕はなかった。そんな現状を見た清堂は、何度も上役《うわやく》の町奉行にかけあったが、さらにその上の老中らに伝わっても、すみやかな対応はできない。

まだ若かった清堂は、理想と現実の間で藻掻《もが》きながら、大小の刀を捨て、自ら高名な医師である酒向《さこう》春斎《しゅんさい》に弟子入りし、本道、外道、漢方、骨接《つ》ぎ、薬事などを学んだ後、新しい西洋医術を求めて、長崎まで遊学した。

江戸時代は長らく、今の医師国家試験のようなものはなかった。だが、誰でもなれるわけではなく、手習い所で教養を学んでいるうちに、師匠によって優《すぐ》れた者が選ばれ、町医者や村医《そんい》に弟子入りする。そこで、職人のように、見よう見まねで医術を学ぶのである。

さらに高い知識を得て、医学修練をするために、江戸や京、大坂などの医学塾で学ぶこともあった。医師の世界は腕が勝負ゆえ、武士や百姓、町人の身分は関わりない。

幕府直轄《ちょっかつ》の医学館が出来たのは、時が下って寛政《かんせい》三年（一七九一）であり、尾張《おわり》藩《はん》でもようやく享和《きょうわ》元年（一八〇一）になってようやく医師の認可制を作った。諸藩にも医学校が次々と生まれ、漢方も蘭方も、それまでより数段も技術が上がった。

それよりも、さらに高度な技術のみならず、知識と経験に加え、朱子学《しゅしがく》や陽明学《ようめいがく》などの高い思想と教養を備えた医者は、〝儒医〟といわれ、人々から尊崇《そんすう》の念を浴《あ》びていた。

藪坂清堂は、数少ない〝儒医〟のひとりであった。

今般の流行病も、何らかの病原菌が人の体内に入って、発熱や嘔吐《おうと》などを催《もよお》させているのだと判断している。だが、まだ細菌を死滅させる薬はない。あったとしても、それですべてが解決するわけではない。天然痘《てんねんとう》の致死率は四割以上とも言われており、特に子供に発症することが多かった。

しかし、筑前国秋月藩《ちくぜんのくにあきづきはん》の緒方春朔《おがたしゅんさく》という藩医によって、種痘法《しゅとうほう》が編《あ》み出されるのは、さらに下って寛政《かんせい》年間のこと。天然痘患者から採取した〝痘痂《とうか》〟……つまり膿《うみ》の粉末を鼻孔《びこう》から吸引させることで免疫《めんえき》をつくり、予防することができたのである。これは、『医宗金鑑《いそうきんかん》』という医学書を参考にした独自の方法だった。

さらにその後、英国のジェンナーという医師が、もっと安全な、牛から取る〝牛痘法〟というのを確立しており、西欧はもとより日本に入ってきたのは、文化《ぶんか》年間になってからのことである。幕府の施設として、伊東玄朴《いとうげんぼく》らが、お玉ヶ池《たまがいけ》に種痘所を作り、天然痘予防ができるようになるのは、この後幕末になってのことだった。

清堂はそれと同様に、塵芥の中にある黴菌が引き起こしている病ならば、それから種痘法同様に免疫を作る薬ができるかもしれないと考えていたのである。

「──そろそろ、よかろう。みんな、御苦労であったな」

清堂が人足たちに声をかけたとき、誰かが奇天烈《きてれつ》な大声を上げた。

「う、うわあ！　死人だア！　死人が捨てられてるぞ！」

「なんだと!?」

驚いた清堂が声のした方に駆けつけると、塵芥の中にまるで動物の死骸のように、半裸の男が倒れていた。まるで夏の暑さである。すでに腐敗《ふはい》が始まっており、誰もが無惨《むざん》な姿に息を止めた。

首や背骨が後ろに反《そ》り返り、両腕はだらりと垂れ、足は股を広げたままである。亡骸を見慣れている清堂でも、無慈悲な扱いに怒りと悲しみが込み上げてきた。

しかも、肌には、紅葉《もみじ》が散ったような斑点が広がっている。これは、まさに今、流行っている病で、巷《ちまた》では誰ともなく、

――枯れ紅葉。

と呼んでいた。たしかに、紅葉が散った刺青《ほりもの》のようである。肌がかぶれてしまうと、枯れた紅葉がクシャッと張りついているようにも見える。

合掌《がっしょう》して瞑目《めいもく》してから、清堂はすぐに男の死体を検分してみた。仕事柄、元小石川養生所見廻り方与力でもあるし、町奉行所から検屍《けんし》を頼まれることはよくある。だが、自分としては医術は、「生きている者に使われるものだ」という信念があるから、積極的に関わることは避けていた。

だが、どうしてもというときには、見立てることに、

「――吝《やぶさ》かではないが……」

と勿体《もったい》つけたように乗り出す。しかし、一度、調べ出すと中途半端《ちゅうとはんぱ》にするのが嫌だから、ついつい定町廻《じょうまちまわ》り同心が煙《けむ》たがるほど首を突っ込んでしまう。その性分《しょうぶん》を己《おのれ》で分かっているから、町方の仕事は遠慮するのである。

とはいえ、目の前に放置されている遺体を見捨てるわけにはいかぬ。

「おい、誰か。門前仲町《もんぜんなかちょう》まで走って、紋三を呼んで来い。いや、待てよ。今日は、何か吟味《ぎんみ》があるから、鞘番所《さやばんしょ》にいるかもしれぬ」

鞘番所とは、本所《ほんじょ》深川を縄張りとする大番屋と仮牢を兼ねた自身番で、町方同心や与力が常駐《じょうちゅう》していた。牢部屋が細長くて、鞘のようだから、そう呼ばれている。仙《せん》台堀《だいぼり》川沿いにあるから、小舟で洲崎の浜まで戻れば、ひとっ走りであろう。

その間、清堂は検屍を続けていたが、すぐに幾つかの疑念が浮かんだ。

男は流行病に罹《かか》ったのは確かだろうが、首の骨は折れているのは、事件とも事故とも取れる。鼻の穴や口腔《こうこう》には土砂が入っているため、窒息《ちっそく》したようにも見えるし、水を飲んでいるようなので、溺死《できし》とも考えられる。

よく見れば、喉元には首を絞めたような痕跡《こんせき》もある。解剖をしてみないと分からないが、何らかの衝撃を受け、急激な心臓への負担が生《しょう》じたかもしれない。

ただ、確かなのは、塵芥置き場に放置されたということは、捨てられた可能性が高いということだ。塵芥と一緒にか、別の手段を使ってかは分からないが、死にかかった人間が、わざわざ塵芥置き場に歩いてきたとは考えられない。

――何時《いつ》、何処で、誰が、誰を、何故《なぜ》、如何《いか》なる手段で、殺したか。そして、共犯はいるのか否か。

などということを、丁寧に探索していくのは、同心や岡っ引の仕事であるが、その指針《ししん》のひとつとして、検屍をした医師の意見は重用《ちょうよう》される。ゆえに、生きている人間に対するのと同様に、間違いは許されないのだ。

やがて――。

いかにも八丁堀《はっちょうぼり》の旦那らしい、頭は小銀杏《こいちょう》、黒い長羽織《ながばおり》に雪駄《せった》履《ば》きという姿の同心がやってきた。清堂とも顔見知りの、伊藤洋三郎《いとうようざぶろう》と下っ引の市助《いちすけ》だった。

たまたま輎番所に来ていたので、伊藤が馳《は》せ参じたのだが、あまりあてにならないので、紋三の代わりに市助が見張り役でついてきたのである。

簡素な桟橋《さんばし》で、小舟から降り立った伊藤は、

「チッ。汚ねえなあ……」

と塵芥の山をがに股で歩きながら、いつもように〝ぶつくさ〟と文句を言っていた。

市助も、さすがに塵芥場の臭《にお》いがたまらず顔を顰《しか》めた。塵芥は沈み込むので、膝《ひざ》か

ら下はすっかり泥だらけになっていた。

「――藪坂先生。ご苦労様でございます。こんな臭くて、じめじめした所で、それこそ病になりますよ」

慰労の声をかけた市助に、清堂は鼻を摘《つま》みながら、

「俺の体には、病に抵抗する力があるのでな、ちょっとやそっとでは病に罹らぬ」

今でいう免疫力が高いと自負しているのだ。

「それは、ようございました。藪坂先生がいないと、江戸中の病人が助かりませぬし、珍奇な事件の解決もつきませぬからな」

今度は伊藤が皮肉っぽく言った。少しばかり丁寧な物腰なのは、清堂が元は与力であるからだ。同じ御家人とはいえ、上下関係は厳しく、扶持米《ふちまい》も十倍ほど違うし、拝《はい》領《りょう》屋敷の広さもかなりの差がある。ゆえに、偉そうな態度は取れない。

死体を覗き込んだ伊藤は、懐《ふところ》から出した人相書《にんそうがき》と見比べて、

「あっ、やっぱりこいつだ。ろくな死に方はしねえと思ってたが、案《あん》の定《じょう》……しかも、塵芥溜めでくたばるとは、蛆虫《うじむし》やろうに相応《ふさわ》しい死《し》に様《ざま》だな」

と言うと、すぐに清堂が語気《ごき》を強め、

「そんな言い草はよせ。誰かは知らぬが、死ねばみな仏。黙って掌《てのひら》を合わせろ」

「三人もの罪なき女子供を殺した奴と聞いても、同じ事をおっしゃいますか」

「当たり前だ。被害者は気の毒だし、こいつの死がたとえ自業自得であっても、ぞんざいな扱いをしたおまえこそ、地獄に行くぞ」

「おや。医者ともあろう御方が、しかも漢方のみならず蘭方にも詳《くわ》しい藪坂先生が、極楽や地獄を語るとは思いませせなんだ。人間死ねば、ただの物に過ぎませせぬ。ご覧のとおり腐ってます」

「伊藤、おまえ……」

「おっと、説教は結構。俺はあの世とやらは信じてませぬ。魂《たましい》とやらもね」

「おまえが信じぬのは勝手だが、目の前の仏はただの物ではないし、魂もまだある。丁重《ていちょう》に運んで、誰がなぜ殺して、こんな所に捨てたのか。それを調べるのが、おまえたちの仕事であろう」

清堂が責めるように言うと、市助の方が身を乗りだして、

「殺し……先生はそう見立てたんですかい」

と訊《き》いた。

「とにかく、鞘番所にでも運んでやるがよい。まずは紋三に見せろ。話はそれからだ」

野太い声で命じられて、伊藤は不満げな顔になったが、この場は言うとおりにした。

だが、口の中では、

「――なんだ、いつも紋三、紋三と……」

ぶつくさ呟《つぶや》いていた。

三

深川扇橋《おうぎばし》にある常陸国土浦藩《ひたちのくにつちうらはん》下屋敷に、清堂が紋三とともに呼びつけられたのは、その夜遅くになってのことであった。

小名木川《おなぎがわ》や横十間川《よこじっけんがわ》、大横川《おおよこがわ》に囲まれるようにあるこの一帯は、富岡八幡宮や宇迦《うか》八幡宮の氏子たちが大勢住んでおり、埋め立て地ながら賑《にぎ》わっている所であった。慶《けい》長《ちょう》年間にあった紅葉橋とは違うが、同名の橋が大横川に架《か》かっており、土浦のような東国《とうごく》から来るには地の利が良かった。

土浦藩は九万五千石の大藩である。何千坪もの屋敷は、江戸城に近い小川町《おがわまち》にあった。が、国元からの物資のことも考慮《こうりょ》して、小名木川沿いに下屋敷があった。下屋敷といっても、辺《あた》りでは一際《ひときわ》大きな屋敷だった。御三卿の田安《たやす》家と隣接《りんせつ》しており、近くには、松平伊賀守《まつだいらいがのかみ》、藤堂和泉守《とうどういずみのかみ》、細川若狭守《ほそかわわかさのかみ》など大大名や幕閣《ばっかく》の屋敷が建ち並んでいた。

だが、猿江《さるえ》御材木蔵や深川の貯木場、元は湿地帯で塵芥で埋め立てられた十万坪などもある。昼間は、行き交う川舟の櫓《やぐら》の音が止《や》むことはなく、職人や人足、物売りが常に往来していたため、下町情緒《じょうちょ》も広がっていた。

門番も、紋三と清堂の顔はよく知っている。すでに立派な長屋門の扉は閉まっていたが、潜《くぐ》り戸から通された。

「遅いですぞ、藪坂先生。余《よ》を何刻《なんとき》も待たせるとは……」

奥座敷に通された途端、土屋は怒鳴りかかったけど、やめた。

実は清堂は、医者になってからしばらく、父が藩主の時代に、土浦藩の藩医として務めたことがある。しかも、土屋が若君時代の教育係であった。師弟《してい》関係で言えば、――紋三が兄弟子。

にあたる。

「これはこれは、早々に何事ですかな」

案内した家臣を目配《めくば》せで下がらせてから、

「――お、お願いでござる。余はこれでも、土浦藩九万五千石の藩主じゃぞ。はな垂れ小僧の頃とは、訳《わけ》が違うのだ。せめて家臣の前では、格好《かっこう》だけでもよいから、敬意を払ってくれぬかな」

「はは。以降、気を付けまする」

清堂が平伏《へいふく》すると、紋三もそれにならった。

「よいよい。そこまですることはない。家臣の前でだけのことだ。分かるな」

土屋はそう言いながらも、決して不愉快に思っていない。むしろ信頼している顔だ。もちろん、清堂の方も同じだ。たとえ大名と一介の医師の違いはあれど、師弟関係とは生涯続いて有り難いものだと、心からそう思っていた。それゆえ、ぶつかれば大喧《おおげん》嘩《か》になることも、しばしばだった。

「早速《さっそく》だがな……」

上座の土屋が話を切り出そうとすると、清堂の方から、

「洲崎の塵芥島のことであろう。どうやら、その面《つら》では、幕閣のお偉方からは、手の打ちようがないとでも言われたか」

「うむ。悔しいが、そのとおりだ」

「どうせ、奥医師の水無瀬順庵がろくな進言をしなかったのであろう」

「そのとおり」

「あの御仁は、俺の師匠の酒向春斎先生と違って、医者としての心がけがよくない。医学を出世の手段と考えておるようだからな」

「まったくもって、江戸の町人たちが、こんなに流行病で苦しんでおるのに、ほとんど無関心だ。武家地にも広まりつつあるというのに、なんたる無能」

「まさしく」

清堂が同意して頷《うなず》いたのを見て、土屋は半ば期待のまなざしで、

「……もしかして、何か良い策が見つかったのか」

「塵芥の島から、色々なものを採取して、そこから、まずはどのような黴菌かを調べねばならぬ。とはいえ、あまり時をかけるわけにはいかぬのでな、まずは直《ただ》ちに俺の弟子たちに、どのような薬剤が効くか、何十とおりも調合させることにした」

「気の遠くなる話だのう」

暗澹《あんたん》たる表情になる土屋に、物静かに清堂は言った。

「そうでもないかもしれぬぞ」

「む？　どうするのじゃ」

「慌てるな。実は先刻、塵芥の島で、〝枯れ紅葉〟に罹った男の死体が見つかった」

エッと驚く声が詰まって、土屋は飲み込むような仕草《しぐさ》をしながら、

「なんと!?　一体、どういうことじゃ、それは」

「俺も初めは驚いたが、町方同心と一緒に検屍をしているうちに、だんだんと分かってきたことがある」

鞘番所に運ばれた男は、一月《ひとつき》程前に神田にある薬種問屋『金毘羅堂《こんぴらどう》』に押し込み、主人の妻・おしのを刃物で怪我《けが》をさせ、逃げていた男だった。上州高崎《じょうしゅうたかさき》で博徒《ばくと》をしていた菊次《きくじ》という者で、地元でも人を傷つけたため、八州廻《はっしゅうまわ》りや火付盗賊改《ひつけとうぞくあらため》にも追われていた。

「そいつが、江戸でも押し込みを働いた訳か……」

下手《へた》をすれば、妻は死んでいたかもしれぬほどの大怪我をしたと訊いて、土屋は忌々《いまいま》しい顔になった。

「さぞや、主人は驚いたであろうな……」

「南町同心の伊藤の話では、主人の仙右衛門《せんえもん》は、何としても男を捕まえて欲しいと訴え続けていたとか……『金毘羅堂』というのは、俺もまったく知らないわけではない。風邪によく効く漢方薬を独自の方法で作り出し、かなり売れていた」

「そうなのか。医者もその昔は薬師《くすし》と呼ばれておったが、おまえと同じで、やはり慈悲《じひ》深いのだろうな……善《よ》き人に限って、可哀想《かわいそう》な目に遭《あ》う」

金毘羅というのは、カッピナという釈迦《しゃか》の弟子とか、仏教の守護神との謂《い》われがあるが、大物主神《おおものぬしのかみ》の垂迹《すいじゃく》として金毘羅大権現《だいごんげん》となって、広く信仰されている。先代主人が、讃岐《さぬき》の金刀比羅宮《ことひらぐう》近くの生まれということで、それを屋号にしたという。有り難く、効《き》き目がありそうな名だ。

「そんな薬種問屋に押し込んだから、罰が当たって、〃枯れ紅葉〃に罹ったのだろうな」

土屋はそう言ったが、罹患《りかん》したのはいつかは分からぬと清堂は答えてから、

「菊次という男の死因は、流行病ではなく、首を絞められてのことだった。圧迫《あっぱく》した痕跡は薄かったから、紐《ひも》ではなく腕か手で締め上げたのだろう。首の骨が折れるほどの力がかかっていた」

「殺されて、捨てられた……」

「そいつが何故、誰に殺されたかは町方の仕事だから、これ以上は立ち入らぬが……その死体の鼻孔《びこう》から、粘液を取り出して、〃枯れ紅葉〃に効く薬が培養《ばいよう》できるかもしれぬのだ」

「まことか！」

「ああ。しかし直ちにとは言えぬし、数が限られる。その前に広がってはまずいから、

罹った疑いのある患者は、何処かに隔離《かくり》しておく必要がある」

「しかし、小石川養生所は……」

「分かっておる。だから、この深川の一角にある龍泉寺《りゅうせんじ》という破《や》れ寺に、すでに何人か留《とど》めておる。だが、養生所代わりとしては心許《こころもと》ない施設ゆえな、おまえの力でなんとかしてくれ」

「何とかしてくれと言われてもな……」

「龍泉寺の元の住職め、生臭《なまぐさ》坊主でなんやかやと言いがかりをつけてきて、金をふんだくろうとしているのだ。寺社奉行のおまえなら、どうにかできるだろう」

清堂が迫《せま》ると、土屋は厄介《やっかい》だなと思いながらも、頷くしかなかった。

寺というのは元々、檀家《だんか》たちが〝緊急避難〟するために作られたものである。地震や火事で家を失ったり、天災飢饉で逃《のが》れる所がない人々を受け入れるのだ。そのために本堂は広く、敷地も広い。柿《かき》や栗《くり》、梨《なし》などの果樹を植えたり、竹藪《たけやぶ》を擁《よう》したりし、池などを作ってあるのも、万が一のときのためである。

「それを使わぬ手はあるまい。色々な寺に当たったが、坊主たちも〝枯れ紅葉〟は恐《こわ》いらしくてな、魔除《まよ》けのお経《きょう》もあげずに逃げ腰だ。仕方がないから、破れ寺にな」

なんとか感染するのを抑えるためには、隔離するしかないと清堂は主張した。むろん、土屋も承知している。

「相分かった。なんとかしてみよう……それにしても、清堂。おまえがいて助かる」

「まだ何ひとつ解決はしておらぬ。これからが正念場だ」

ふたりして頷き合ったとき、

「御免《ごめん》くださいませ」

と廊下から、鈴が鳴るような女の声があった。

土屋の正室の綾音《あやね》であることは、清堂もすぐに分かったが、素知らぬ顔をしていた。

「——なんだ。今、大切な話をしておる」

拒《こば》むように土屋は言ったが、まったく意にかえさず、「失礼いたします」と言いながら襖《ふすま》を開けて顔を出したのは、小肥《こぶと》りで愛嬌《あいきょう》のある高貴な顔だちの女性であった。

美しい黒髪に、華やかな柄の着物は裾《すそ》まで艶《あで》やかだった。

綾音は、筑後国久留米《ちくごのくにくるめ》藩主・有馬左近《ありまさこんのしょう》将の三女である。父親の有馬左近将は、度《たび》重《かさ》なる河川《かせん》修復や災害復旧のために増税を図るものの、自らの鷹狩りや能楽、花鳥風月を詠《よ》む趣味に没頭《ぼっとう》して散財《さんざい》するなど、名君とは言い難かった。

それゆえ、正義感の強い土屋のことは、為政者《いせいしゃ》としても夫としても尊敬をしていたが、やはり決断力に欠けることを憂慮《ゆうりょ》していた。それに比べて、大先生である清堂の

ことは、

——剛直《ごうちょく》な気質で、慈悲善根《じひぜんこん》の人。

と綾音は頼もしく感じていた。

屈強《くっきょう》な体つきで、小野派一刀流《おのはいっとうりゅう》の剣術や揚心流柔術《ようしんりゅうじゅうじゅつ》にも優《すぐ》れており、誰にも分け隔《へだ》てのない鷹揚《おうよう》な態度はいつも自然体である。

小野派一刀流は柳生新陰流《やぎゅうしんかげりゅう》とともに、将軍家指南の剣術であり、揚心流柔術は元々は医療を目的として柔術を広めた秋山義時《あきやまよしとき》を祖とする。そんな〝武芸医者〟でもある清堂に、綾音は憧《あこが》れの念すら抱《いだ》いていた。

「お久しゅうございます。清堂先生の診療所とは目と鼻の先でございますのに、なかなかお目にかかれず残念でございます」

「お子を三人もお育てになっているのですから、昔のように勝手気儘《きまま》にはいきますまい」

「あら、まるで私《わたくし》がお転婆であったかのような……」

「違いましたかな？」

「いやでございますわ。清堂先生にかかっては、何だか丸裸にされたような気持ちになってしまいます」

「患者はみな裸にせねば、診察できませぬ。病にかかったら、いつでも」

「ほんに、清堂先生ったら……」

ふたりが楽しそうに冗談を交《か》わすのが、土屋は面白くないのか、咳払《せきばら》いをして、

「いいから、おまえは向こうへ行け」

と言ったが、綾音はその声を無視して、

「清堂先生の話していた龍泉寺というお寺を、養生所代わりにすることについてです」

「おまえは立ち聞きをしておったのか」

「漏れ聞こえただけです。一々《いちいち》、嚙《か》みつかないでくださいまし」

「…………」

「ご存じのとおり、実家の有馬家は、久留米水天宮《すいてんぐう》を尊崇《そんすう》しており、三田《みた》の上屋敷に分祀《ぶんし》致しました。それをさらに分祀し、藩邸内ですから、庶民の参拝は稀《まれ》でしたが、上様にご相談の上、誰にでも参れるようにしたために、〝情け有馬の水天宮〟とまで言われるようになりました」

「賽銭《さいせん》や奉納物《ほうのうぶつ》狙いとも聞いたが？　なにしろ、年に二千両も入るのだからな」

土屋が少し卑《いや》しい目になると、綾音はビシッと言った。

「そのお布施《ふせ》によって、大勢の人が助かっているのです。私が言いたいのは、子授かりや安産の神様を、破れ寺の龍泉寺に祀《まつ》ることで、大勢の人々が来るようになれば、養生所の費用の足しになるのではと思うたまででございます」

毅然と提案した綾音は、出開帳《でかいちょう》の形でもよいのではと付け加えた。土屋は俯《うつむ》いたまま、「それはいい考えじゃが……」と言いかけたが、後が続かない。

「考えじゃが、何でございますか」

「うう……」

「寺社奉行であらせられるのですから、早く決断し、師匠を助けてあげて下さい。それが世のため人のためにもなるのです。そうでございましょう、清堂先生」

「——ああ。そうなれば有り難い。土屋、おまえは良き女房を貰《もろ》うたのう」

と褒めたが、土屋は照れ臭いのか、嫌なのか、はっきりしない笑みを浮かべるだけだ。だが、綾音は堂々と座っている。

「いや。これはありがたい。深川養生所だけでは、病人が溢《あふ》れてるから、ありがたいことですなあ」

紋三は三人の顔を見比べながら、愉快《ゆかい》そうに大笑いした。が、その頭の中では、奇妙な〝枯れ紅葉〟の死体のことを、あれこれと考えていた。

四

本所三笠町《みかさちょう》は、なぜか流れ者が多く住み着き、中には得体《えたい》のしれない輩《やから》もいた。上野の不忍池《しのばずのいけ》界隈に見かけるような〝けころ〟という女郎もいて、安宿や飲み屋の二階に客を連れ込んでは、荒稼ぎをしていた。

どんよりと淀《よど》んだような町には、町方同心や岡っ引もめったに近づかなかった。だから余計に治安《ちあん》が悪くなったのだ。

そんな町に、珍しく市助が、不審《ふしん》な若い男を尾《つ》けていた。

如何にも遊び人風の若造である。船小屋に入ったかと思うと、すぐ裏手の掘割《ほりわり》に停めてあった川船に乗り移り、そのまま洲崎の方へ漕《こ》ぎ出した。船には頬被《ほおかむ》りをした〝船まんじゅう〟と呼ばれる女郎風の女も一緒だった。

――シマッタ……。

と市助は舌打ちをした。が、若い男は尾けられていたことに気づいていたらしく、船着場の市助に舌を出して笑った。

その男は、どんどん河岸から離れ、貯木場のある海の方へと逃げてしまった。

「くそ……何処へ行きやがる……」

独り言を漏らしたとき、ふいに背後から、

「〝竜宮城〟じゃないですかねえ」

と声がかかった。

驚いて振り返ると、和馬が立っていた。童顔だが、市助を越すくらい背が高く、川船の行方《ゆくえ》を追う目は、眩《まぶ》しいくらい凜《りん》としていた。

「あんた、たしか清堂先生とこの……」

「高山和馬です」

「見習医師が、こんな所で何を？」

「あいつは、龍泉寺に患者として来てたのですが、こっそり抜け出したので、おかしいなあと思って尾けてきたんです」

「――どういうことでえ……奴も〝枯れ紅葉〟に罹ってるってことかい」

「分かりません。でも、今般の流行病には、どうも解せないことが多すぎると、清堂先生は言ってますので、調べてみようかと」

「あいつが何をしたってんだ……さっき言った〝竜宮城〟ってな、なんだよ」

「えっ。それも知らないのですか？」

和馬は意外な目を市助に向けて、塵芥島のさらに沖にある埋め立ての島に作られている、遊郭《ゆうかく》だと話した。後の洲崎遊郭とは関わりないが、沖に停泊している廻船《かいせん》などに出向いたり、あるいは招いたりしている女郎屋が数軒あるのだ。

深川七場所よりも、もっと格下の夜鷹《よたか》同然の安女郎ゆえ、性病がうつることもある。だから、清堂は時々、七場所の遊女たち同様に、検診することもあった。

「——そんな船女郎の島なんぞ、俺は聞いたこともないぞ」

そこも永代島のように元は、塵芥で埋め立てた島だったのだ。一応、江戸町奉行の管理下にあるものの、まだ正式な幕領地とはなっていないので、無法の町と化していた。

それゆえ、三笠町に潜んでいた無法者が逃げ込んで、小さな町を作り、奉行所の追っ手を拒《こば》んでいた。〝竜宮城〟とは皮肉で付けられており、一旦、足を踏み込んだら最後、まともな暮らしには戻れないという。

「よかったら、市助さん。俺と一緒に乗り込んでいってみますか？」

「な、何をしにだ……」

「おや、いつもは威勢《いせい》のいい親分さんが、尻込みですか」

「てやんでえ……こちとら、アブラムシやフナムシが嫌いなだけでえ」

「アハハ。そんなんじゃなくて、今はきちんと土砂や岩で埋め立てられ、ふつうの町並みですよ。さ、参りましょう」

別の川船を仕立てて、和馬と市助が塵芥島を迂回《うかい》して、その沖にある〝竜宮城〟に降り立ったときは日が暮れていた。

妖しい灯《あか》りにぼんやりと浮かぶのは、遊女屋である。意外なことに、荒《あば》ら屋《や》ばかりかと思ったが、しっかりとした作りの二階家が建ち並んでおり、下町の一角を再現したように飲み屋や料理屋なども並んでいる。

和馬は何度か清堂の供をして来たことがあるが、市助は初めてだったので、人が当たり前に暮らしている光景を見て、妙に感心していた。

「――へえ。こりゃ驚いた。本当だ。ちょっとした町じゃねえか」

ただ違和感があるのは、潮風と混じって塵芥独特の腐臭《ふしゅう》が微《かす》かに漂《ただよ》っていることだ。ここの住人は慣れてしまっているのか、平気な顔をしている。

江戸の塵芥処理に関わることは、これまでも藪坂清堂は何度も、町奉行に訴え出ていた。不衛生が病気の元になるからだ。各町内には雇われた者が溝浚《どぶさら》いをしたり、塵芥集めをし、芥船まで運んだりしていたが、江戸湾に廃棄同然にされた塵芥は、ときに沖に流れ出たり、木更津《きさらづ》や三浦《みうら》の方に漂着《ひょうちゃく》することもあった。

だが、そこは船手が始末するのか町方が処理するのかなどと揉めて、なかなか善処されていなかった。そのため、地元の漁師などが浮遊物を集めたりはしていたが、一方で埋め立てられて放置された土地には、無法者が住む事態も生んでいたのだ。

そこで、紋三は常に探りを入れており、清堂と一緒に、洲崎沖の塵芥島などを含めて、〝竜宮城〟の実態を調べていた。埋め立てた地中には、まだ腐土があるわけだから、そこから発する黴菌が病原であると考えていたからだ。

「実は……まだ決まったわけではないのですが、さる筋から聞いた話では、この〝竜宮城〟に湊《みなと》を作り、魚河岸《うおがし》にしようという話もあるんですよ」

和馬が小声で言うと、市助はそれも知らなかったようで、

「魚市場……？」

「ええ。江戸開闢《かいびゃく》以来の日本橋魚河岸は建て直しは何度かあったものの、さすがに古くなっているし、埋め立ても広がったから、海から運んでくるのにも手間がかかる。江戸の町はどんどん深川の東の方へ広がっているので、洲崎に魚河岸があれば、本所深川は便利になるとね」

「たしかに、そうだよな」

「でも、地中にまだ塵芥の腐臭が広がっていると、人々は嫌がるだろうし、漁師や仲

買だって仕事がしづらいでしょう。だから、早いところ土砂で固め、洲崎の塵芥島も埋め立てて、陸続きにしたいとか」

そこまで和馬が話したとき、市助はクルリと十手を廻して、

「なるほど。湊を作り、魚河岸にすることで、この女郎屋だらけの不法の町をなくしてしまおうってのが、お上の腹づもりだな」

「だとしたら、一石二鳥ですね、親分」

「親分だなんて……俺はまだ紋三親分の使いっ走り。半人前だよ」

「分かってますよ、そんなこと」

「おいおい。おまえだって、まだ箸《はし》にも棒にもかからないって噂だぜ」

「市助さんほどじゃありませんよ」

子供が喧嘩《けんか》してるようなふたりの前に、人影がふらりと立った。月光を浴《あ》びて姿が露《あら》わになると、痩《や》せ浪人であったが、目だけは異様に鋭かった。思わず十手《じって》を向けた市助は、

「誰でえ。この町の用心棒かい」

野太い声をかけてズンと前に出た。喧嘩慣れしてるだけに押し出しは強い。だが、相手は怯《ひる》むどころか、冷徹な表情で、

「誰に断って、ここに来てるんだ」

「——誰にって、俺はこういうものだが？」

市助は十手を突き出した。

「いつから町奉行所支配になった。大人しく帰った方が身のためだ。十手なんぞをチラつかせてると、殺されるぜ」

「なんだと。てめえ、俺を脅《おど》す気か」

張り手を突き出した市助が、次の瞬間には前のめりに倒れていた。這い上がろうとしたその目の前に、もう刀の切っ先が伸びている。身動きできない市助に、浪人はからかうように、

「そんな腕前でよく十手持ちをやってるな。相手が俺で運が良かった」

「しゃ、しゃらくせえッ……」

「慌てるな。俺は火盗改《かとうあらため》方与力、島崎又五郎《しまざきまたごろう》だ。聞いたことくらいあるだろう」

市助の顔に緊張が走った。火盗改の中でも、情け容赦《ようしゃ》知らずとの評判の高い与力だったからである。

「か、火盗改……！」

和馬も驚いた。火付改とともに、鬼のように血も涙もない役人のことは、清堂から

も散々、聞かされていたからだ。

火盗改は、放火や盗賊という凶悪犯を専門に取り締まる役人である。寛文《かんぶん》年間に設置された盗賊改と、天和《てんな》年間に設けられた火付改が、享保三年（一七一八）に合体したものである。火付けをして強盗するという酷い悪事を働くのは、概《おおむ》ね武装した集団で行う。それに対抗するためには、荒っぽい対策をせねばならぬ。

ゆえに、役方である町奉行所とは違った、番方の組織が火盗改だったのだ。番方とは武官のことである。与力十騎に五十人の同心を擁しており、密偵としてヤクザ紛《まが》いの岡っ引も使っていた。その〝捜査権〟は町人のみならず、武家や僧侶などにも及んだが、町奉行のように〝裁判権〟はなかったために、拷問《ごうもん》を行うこともしばしばだった。自白すれば、町奉行も同意するからである。

かつては、火盗改が人足寄場も管轄《かんかつ》していたが、〝更正施設〟と言いながら、実質は佐渡金山《さどきんざん》の水替人足として送られるのが関の山だった。深川茂森町《しげもりちょう》に〝無宿養育所〟が作られるのは、時代は下って、安永《あんえい》年間以降のことである。ここは困窮者《こんきゅう》や浮浪者を集めて、手習いをさせた上で職などをつけさせるのだが、人足寄場はそんないい所ではない。

人足寄場には、常に数百人の犯罪者が収容されていた。この中には雑魚寝《ざこね》ではあるが居室の他に、木工や左官などの作業所や浴場、診療所などもあった。飲酒は禁止されていたが、煙草《たばこ》は許されており、冬場はきちんと暖房もされていた。

小伝馬町牢屋敷同様に、清堂は獄医として、人足寄場にも赴《おもむ》いている。和馬も同行しているから承知しているが、いずれも疾病に関しては悪い環境である。清堂は常に改善を求めているが、公儀は金をかけることはしない。むしろ、施設に咎人《とがにん》が増えて、その飲食代だけでも大変なので、減らしたいのが、幕府の本音である。

そこで、火盗改は厳しい取り調べをする。自白をさせ、刑場へ直行すれば、更正《こうせい》の機会など作らずに済むからである。だからこそ、犯罪をする方も、火盗改には摑まりたくなかった。それほど恐かったのだ。

「――で、では……火盗改が出向くようなことが、この〝竜宮城〟にあるってことなんですね、島崎様……」

恐る恐る和馬が訊くと、島崎は鼻で笑って、

「竜宮城……そんな極楽な所ではない。まさに地獄だ」

「そうなのですか……」

「おまえは、なりから見て、医者見習いのようだが、ここに何の用で来た」

「私は、深川入船町の漢方医・藪坂清堂先生のもとで修業をしております。この市助

親分は、人殺しを追って来たようですが、私は実は……此度《こたび》の流行病について、調べているのです」

「流行病の何を……」

ほんの一瞬、島崎の鋭い眼光がさらに強くギラリと燦《きら》めいた。和馬の背筋に冷たいものが走って、ぞっとなるほどだった。

「――病の原因を探して、それを絶たねば、人々は助かりませんから」

「よい心がけだな……ふたりとも、ついてくるがよい。地獄を見せてやる。決して、〝竜宮城〟などではないぞ」

刀を鞘に戻して歩き始める島崎の後を、市助と和馬は大人しくついていった。だが、和馬は市助の耳元に囁《ささや》いた。

「気をつけて。あいつは血の臭《にお》いがする……」

医者見習いながら嗅覚《きゅうかく》は鋭いのであろう。市助にも緊張が走った。だが、周《まわ》りの闇の中には、幾つもの人影が潜んでいることに、ふたりとも気づいていなかった。

五

南町同心の伊藤が、入船町《いりふねちょう》の清堂の診療所に来たのは、その翌日の昼下がりであった。昨夜、一雨降ったから埃《ほこり》も立たず、涼《すず》しかったものの、陽射《ひざ》しが強くなると季節外《はず》れなほど、妙《みょう》に蒸《む》し暑くなっていた。

こういう日が続くと細菌も増えやすく、病の広がりやすい。ゆえに、常に風通しを良くして、床も柱もできるだけ多く乾拭《からぶ》きした方がよいから、診療所の下働きたちも繰り返し、長屋を清潔にしていた。

伊藤はゴホゴホと咳《せ》き込みながら、

「まことでござるか、清堂先生……俺も〝枯れ紅葉〟に罹ったかもしれぬのですか」

「その咳は怪しいな」

「で、では……薬とか……」

「ない」

「――ないって、そんな、あっさり言わないで下さい。俺はまだ死にたくない」

「死ぬとは限らぬ。しばらく養生《ようじょう》しておれ。その間に、新たな種痘の苗を作って、おまえさんにも植え付けてやる」

「そんな……何時になるか分からないものを待てるものか」

おろおろとなる伊藤を見ながら、清堂は苦笑して、

「いつも命がけで奉公しているというわりには、肝《きも》が据わっておらぬのう。安心せい。龍泉寺で隔離されてる者たちに比べれば、まだまだ軽い。ただの風邪かもしれぬしな」

「せ、先生……」

救いを求めるようになった伊藤を、憐《あわ》れむ目で清堂は見ながら、

「龍泉寺で思い出したが、まだ和馬が帰って来ぬのだ」

「え……?」

「実は昨日、患者でもないのに龍泉寺に出入りしていた怪しい奴を見つけてな、和馬が追っていったのだ」

「怪しい奴というと……?」

「今般の〝枯れ紅葉〟の広がりを調べてみると、患者は日本橋や神田などに集中している。つまり、大店が沢山《たくさん》ある所だ。その裏店から発生したとも考えられなくはないが、あまりにも塵芥島からは離れすぎておる。だから、なんだか妙だと思ってな」

「そうではないか。洲崎と目と鼻の先に塵芥島はあるのに、木場には広がっておらぬし、門前仲町あたりも患者はおらぬ」

「つまり……わざわざ塵芥島や龍泉寺の患者から、黴菌を町中まで運んだとでも？」

伊藤が思いつくままに言うと、清堂はニンマリと頷いて、

「さすがは腕利き同心。推察力《すいさつりょく》も凄《すご》いと見える。この辺《あた》りではなく、大店が多い町に広めたい誰かがいるということだ」

「そんな恐ろしいこと……誰が考えるというのです」

「さあな。だが、以前にも似たような事件があったではないか。覚えておらぬか」

「以前にも……？」

首を傾《かし》げる伊藤に、清堂は自分が養生所廻りの与力だった頃のことだと言ってから、話し始めた。

「ある藩の御殿医が、薬種問屋と結託《けったく》して、水道に毒をばらまいたことがある」

「水道に……ああ！　あの事件なら、よく覚えてる」

江戸の水道は、地中を網の目にように巡《めぐ》っている。玉川上水《たまがわじょうすい》から四谷御門《よつやごもん》付近を流れてきた水は、木樋《もくひ》という水道によって、江戸中の町々に流れているのだ。

その水は、溜《た》め桝《ます》という井戸に常に貯水され、長屋などではそれを桶《おけ》で引き上げて使う。江戸は井戸を掘っても、塩水が混じっているために、水道を作ることで、真水を暮らしに使えるようにしていた。

毒をそこに撒《ま》くことで、飲んだ住人は体に変調をきたす。しかも、水道の流域の町々で、同様の病人が出るので、感染するものだと人々は畏《おそ》れ出す。町方が調べたときには、水道で流されて希薄《きはく》するために、毒を放り込んだことが分からなくなる。ゆえに、原因不明の病が広がったと噂も広がったのだ。

しかし、その病を治す薬を、ある薬種問屋が唯一《ゆいいつ》、持っていた。人々はその薬種問屋に殺到し、薬を求めたのである。

清堂の話に、伊藤は咳き込みながら、

「――ええ。そうでしたな。俺も覚えてる。紋三と駆けずり廻った……毒は、その薬種問屋が撒き、御殿医が流行病だと診断し、そして薬種問屋が解毒剤を、薬と称して売って、大儲《おおもう》けをした」

「そうだ……」

「もしかして、先生はそのときと同じようなことを誰かが仕組んだとでも？」

しっかりと頷いた清堂は、

「そのあたりのことを、しっかりと調べてみたらどうだ。おまえのその咳を、今すぐにでも治せるという医者か薬種問屋がいたら、怪しいものだ」

「脅かさないで下さいよ。俺は毒を飲まされたってわけですか？」

「そうではない。本物の黴菌をだ……〝枯れ紅葉〟は疱瘡の類《たぐい》に間違いない」

「ゲッ――」

「助かりたければ、もっと真剣に下手人を探すことだな。菊次という博徒を殺した者が、関わっているやもしれぬではないか」

喉の辺りを不安そうに撫《な》でていた伊藤は、思わず立ち上がり、

「そうだ……そうだよな……こんなことで殺されてたまるか……ち、ちくしょう！」

と何か思い当たることでもあるのか、ふらつく足で立ち去った。


その頃、〝竜宮城〟では、船番所にて市助が半殺しの目に遭わされていた。

深川の中川船番所のように正式な所ではない。沖合の船からの抜け荷を摘発《てきはつ》するために設《もう》けていた、火盗改支配のものだ。元より、ならず者の温床《おんしょう》となっている〝竜宮城〟である。まっとうな番人がいるわけではなかった。

ビシッと番人に笞《むち》で打たれて、市助は大きな体を捩《よじ》った。縄で縛られているから、

逆らうことができない。

土間の片隅では、同じように柱に括《くく》られている和馬がいて、

「やめろ！　おまえら、なんてことしやがるんだ！」

と悲痛な声で叫んでいた。

島崎は板間に座って、ふたりを冷徹に舐めるように見ながら、

「バカ者めが、のこのこついて来おって……正直に言え。おまえたちは何者だ」

と野太い声で訊いた。

市助も和馬も油断したわけではない。だが、まさか十数人の無頼な男たちが潜んでいたとは知らず、多勢に無勢、あっという間に殴打《おうだ》され、気を失ってしまった。

目が覚めたときには、ふたりとも船番所の土間に縛り置かれていたのだ。

「おい。島崎さんとやら」

和馬が背中を向けている島崎に声をかけた。すぐに島崎は睨み返すような目で、振り返ったが、腰の捻れが窮屈《きゅうくつ》そうで、体全体を廻した。その様子を見ていた和馬は、

「これはこれは、かなり気質《きしつ》の悪い御仁だな」

と、からかうように言った。

「腰には五つの骨があってな、その三番目が捻れていると、〝喧嘩腰〟といって、気

質も捻れてる奴が多いのだ」

「なんだと……！」

「人の言うことも素直に聞かぬのも多い。なに、師匠の受け売りだ。しかし、あんたたちを見てると、本当にそう思うよ。あんただけじゃない。ここにいる奴ら、みんなだ」

縛られておりながら、そんなことを言い出す和馬に、市助はやめろと目配《めくば》せをしたが、平気で続けた。

「その骨が捻れてると、嫌な気質だけじゃなくて、腎《じん》の臓も悪いだろうから、不治の病に罹ってるかもしれぬ。天然痘に罹る前に死ぬかも知れぬから、医者に行けばどうだ。俺でよければ診《み》てやるぞ」

「ふざけたことを……」

「だが、手がこのままでは診られぬ。解《ほど》いてくれないかな」

「若造、良い気《い》になるなよッ」

手下のひとりが和馬に近づいて殴りかかったが、寸前《すんぜん》、足払いをした。まるで氷の上で滑《すべ》ったかのように倒れて、頭を打ち昏倒した。途端、他の手下が襲いかかったが、それでも和馬は柱に括られていながら、足払いや足蹴《あしげ》で倒した。

「こしゃくな。命が惜しくないようだな」

スッと立ち上がった島崎は、おもむろに刀を抜き払うと和馬を斬ろうと振りかぶった。その寸前、必死に立ち上がった市助は、縛られた体のまま猪《いのしし》のように体当たりをした。ズンと吹っ飛んだ島崎は、壁に激突して首を打ったのか、その場に崩れた。

残りの手下たちは刃物を抜いて突っかかろうとしたが、ハラリと市助の縄が落ちた。

筈で打たれながらも、少し緩《ゆる》めていたのだが、今の弾《はず》みで解けたのだ。足下の島崎の刀を拾い上げて威嚇《いかく》すると、手下たちは畏れをなして逃げ出した。

「おまえも無茶をするなあ……下手すると殺されてたぞ」

「なに、こっちも勝算はあったんだ」

和馬も自《みずか》ら体をズラして、縄を落とした。縛られるときに、筋肉で体を大きく膨《ふく》ませており、その後で縮めると緩むというのだ。他にもわざと関節を抜いて、縄抜けをする方法もあるという。

「こりゃ、恐れ入りやした」

と市助は言いながら、島崎を引きずり起こした。そして、和馬がカツを入れると、島崎は虚《うつ》ろに目を開《あ》けて、

「――なんだ……何があったんだ……」

「この島で行われていること、すべてを話して貰うぜ」

市助が軽く頰《ほお》を叩くと、島崎は憎たらしい目つきになって、押し返そうとしたが、手がだらんと下がったまま力が入らない。立ち上がろうとしても腰が砕《くだ》けたように立ち上がれず、足も動かない。

「打ち所が悪かったのかな。直してやってもいいが、まずは話を聞こうか。顎《あご》の関節は繫《つな》がってるから、喋《しゃべ》れるだろう？」

和馬がニコリと笑いかけると、島崎は初めて自分の体の状態を察《さっ》して、恐怖に顔が引き攣《つ》った。市助はもう一度、動けぬ島崎の頰を軽く叩きながら、

「このまま、ここに放置していってもいい。いや待てよ……どうせなら、塵芥島にまで運んで、塵芥の中に置いておくか……菊次という博徒が捨てられたようによ」

と言うと、島崎はさらに表情が強《こわ》ばり、

「き、菊次のことを……し、知ってるのか……」

「あれ？　そっちこそ知ってたのか。だったら、余計にじっくり話を聞かないとな」

市助が言うと、和馬は土間で気絶している手下のひとりを起こした。市助が尾けていた遊び人風である。

「ついでに、こいつのこともな……龍泉寺で何をしてたか、ハッキリさせたい」

ふたりに迫《せま》られた島崎は、体がダランとなったまま、必死に頷いていた。

六

伊藤が再び『深川養生所』に来たのは、丁度《ちょうど》、市助と和馬が〝竜宮城〟から戻った朝のことだった。

「それは、まことか……！」

須崎沖の〝竜宮城〟で起こっていることを、市助たちから聞いた伊藤は、狼狽《ろうばい》して聞き返した。以前より、流れ者や咎人が巣くっているのを火盗改が取り締まっていたことは、南町奉行の大岡忠相《おおおかただすけ》らは承知していた。だが、そこまで腐敗していたとは、伊藤も知らなかった。

「で……そこで何が行われてるというのだ」

市助の報《しら》せで、駆けつけてきていた紋三が訊いた。

町方の支配ではないから、火盗改が目を光らせているかと思っていた。なのに、取り締まるどころか、悪事に加担《かたん》していたとなると、由々《ゆゆ》しき事態であろう。

「体中の骨を外して身動きできなくして島崎を問い詰めてやりました」

和馬が自慢げに言うと、清堂はきつく叱責《しっせき》した。

「医学や骨接ぎの術を、そんなことに使ってはならぬ。たとえ相手が悪党であったとしても、間違《まちが》ったやり方だ」

骨接ぎの歴史は古く、大宝《たいほう》や養老《ようろう》年間にあった医療令の制定によって、骨関節《こつかんせつ》の損《そん》傷《しょう》を専門に扱う者がいた。これは隋《ずい》や唐《とう》の医学にならったものであり、我が国最古の医学書『医心方《いしんぽう》』にも、その記述がある。創傷《そうしょう》治療と骨関節損傷の治療に携《たずさ》わる医師は、後に南北朝や戦国の世になると、〝金創医〟という医師となって重宝《ちょうほう》された。

ゆえに、悪いことに使うことは、厳《げん》に慎《つつし》まねばならぬ。清堂が和馬を窘《たしな》めたのは当然のことであった。

「先生だって、殴りかかってくる奴の肩や膝を外したりするではないですか」

「護身《ごしん》と脅しとでは違う。それも分からぬのか……まあいい。今度だけは大目に見てやるから、事の子細《しさい》を言ってみろ」

清堂が促《うなが》すと、市助の方が答えた。

「たしかに、抜け荷などもしていたようで、島崎はそれを見逃してたのですが……どうやら、〝竜宮城〟では、流行病に効く薬を作っているらしいのです」

「ん……？」

紋三と清堂が同時に目を輝かせた。それを見た市助は、やはり何か重大なことなのだと勘づいたようで、

「清堂先生と同じように、〝枯れ紅葉〟の患者の膿などから効く薬を作ってたんです。ええ、島崎はそう話してました。自分はその薬を飲んでるから、絶対に罹ることはないということも……」

「島内《しまうち》で作られてるってことか」

聞き返した紋三に、市助は答えた。

「ええ。船番所の裏手に、小さな小屋があって、そこで……龍泉寺の養生所から、患者の痰《たん》や膿などを密《ひそ》かに持ち出していた奴は、島崎に命じられてやってたんです」

「うむ。そういうことか……」

唸《うな》って腕組みをした清堂は、不思議そうに首を傾《かし》げて、

「しかし、俺でもまだ完全なものが出来てはおらぬ。それを作れる蘭方医が、手を貸しているということだな」

「そのようです。この処方に従って作っていたようですぜ」

と市助は、数枚の紙を差し出した。

それには——清堂が目を見張るような製薬法が記されており、天然痘の患者から作

り出す手筋が示されていた。無造作に扱えば、薬を作る者が罹患《りかん》してしまう。それを承知の上で、蘭方医は指示を出していたのであろう。

紋三もそのことが気がかりだった。

「その蘭方医は何処の誰なんだ」

「いえ、それは島崎も知りませんでした。ですが、それを処方して売り捌《さば》いている薬種問屋があって……」

市助が言いかけると、紋三が身を乗り出して、

「神田の『金毘羅堂』じゃねえか」

と訊いた。すると、市助の方も驚き、

「どうして、そのことを？」

「清堂先生の疑念を払拭《ふっしょく》するために探索してたら、『金毘羅堂』に辿《たど》り着いたんだ。なに、誰が罹っても不思議じゃないから、助けたい一心でな」

「なるほど」

「すると、日本橋の商人の中で、〝枯れ紅葉〟になったかもしれぬ者が、大金を払ってまで手に入れた薬があったのだ」

「大金で、薬……」

「その名もズバリ、〝大物主命丸〟……金毘羅に祀《まつ》られてる神様の名だ。なんと不謹慎なと思ったが、これが密かに売れてるらしいんだ」

紋三が言うと、清堂は驚いて聞いていた。自分がまだ完成していない薬を作られたことが、不思議だったからだ。

「密かにとは、妙だな、紋三……」

「ええ、先生。一服、一両もするらしいんです。数に限りがあるからと、豪商たちは我先にと求めてたとか」

「ふむ……」

「現実に、〝枯れ紅葉〟に罹って体が弱ったり、死んだりする者もいる。だから、金にものを言わせて買い集め、自分の妻子や親兄弟や奉公人たちに飲ませているとか」

「――ほう……まるで解毒剤だな」

清堂が訝《いぶか》しげに眉を顰《ひそ》めると、伊藤は水道に毒を流した事件を思い出して、やはり同様のことが起きたと確信した。

「むろん、『金毘羅堂』のことは、手下にも色々と調べさせてみたんですが、どうも要領《ようりょう》を得ねえんでやす」

紋三が首を傾《かし》げると、清堂が振り向いて、

「何が引っかかるのだ」

「その薬をどうやって作ったとか、どう処方するかということは極秘だというんですよ。これだけ騒ぎになってるのに、苦しんでいる人々を助ける気がないのかと問い詰めると……数に限りがあるから、仕方がないと」

「そいつは妙だな。もし疱瘡の膿から作り出したのであれば、人によって効く効かないはともかく、いくらでも培養できるはずだ」

「先生もそう思いますか」

「ああ……」

「だったら、患者の方を診《み》てくれませんか。もうすっかり治ったという商人の方を……そしたら、何か分かるのでは？　すでに薬を買っている商人たちは調べ出してます」

「さすがは、江戸にこの人あり、紋三親分様々だ」

「お褒めに預かり恐縮でござんす。では、早速……」

真顔になる紋三に、

「もちろん、手を借すよ」

と清堂は自《みずか》ら腰を上げた。

最初に訪れたのは、日本橋の呉服問屋『越後屋《えちごや》』であった。辺りの大店に比べて一《ひと》際間口《きわまぐち》は広く、出入りしている商人や客の人数も並々ならぬもので、番頭や手代たちが大忙しで動き廻っていた。

普段着に拘《こだわ》りのない清堂にとっては、縁のない上等な華やかな着物ばかりが扱われていたが、賑《にぎ》わいの中にピンと張り詰めた商家の雰囲気は嫌いではなかった。

藪坂清堂といえば、けっこう知られた名であったが、庶民の多い深川と違って、日本橋では用のない町医者だった。ゆえに、店の主人と会いたいと申し出たときには、

──一体、何事か……。

と訝《いぶか》しがられた。しかも、同行しているのが、本所方とはいえ同心の伊藤とあっては、あまり良い気分ではない。商人にとって、町方役人に出入りされては、ありもしない噂が流れて、店の評判に傷つくこともあるからだ。

「〝枯れ紅葉〟に罹ったのは、ご主人ですかな」

清堂が訪ねると、主人の吉右衛門《きちえもん》は、そのとおりだと頷いた。いかにも豪商という険《けわ》しい風貌《ふうぼう》で、どっしりとした体つきである。

「しかし、ご主人は商売では、めったに出歩かないのではありませぬか」

「え……？」

「此度の疱瘡が流行っているのは、本所深川辺りですからな……店の者や客からうつったことも考えられるが、出入りした人に患者はおりましたか」

「さあ……とにかく、ご覧のとおり、まだ痕《あと》があります。たしかに、あまり出歩くことはありませんが、調子が悪かったので、水無瀬順庵先生に診て貰ったら、たしかに疱瘡だと……」

「水無瀬順庵……？」

意外にも奥医師に名が出たので、清堂は驚いた。『越後屋』が公儀御用達《ごようたし》商人で、問屋組合の肝煎《きもい》りであることを考慮すれば、順庵に診て貰っても不思議ではない。

だが、奥医師といえば若年寄支配で、将軍とその身内を診察するのが使命の役人同然である。典薬頭《てんやくのかみ》を頂点とする幕府医療行政の中にあって、実質の診立てをするのが奥医師である。その配下には、番医師、寄合医師、小普請医師、目見医師、御広敷医師、小石川養生所医師ら二百人以上がいた。

とはいえ、将軍を診る奥医師であっても、二百俵取りであるから、御家人の与力あたりと変わらない。ゆえに、その権威をもって、大名や豪商を診療することで、多額の報酬を得ていた。一度の診察で、一両や二両は当たり前で、さらに薬料も出る。中には、老中の急病を治療し、快癒《かいゆ》させたがため、千両の褒美を貰った奥医師もいる。かくも凄い権威があったのだ。

「では、奥医師の水無瀬順庵様が、〝枯れ紅葉〟と判断したのだな。その上で、『金毘羅堂』の薬を処方した」

清堂はそう言いながら、顎《あご》を撫《な》でた。

「そうです……それが何か……」

「おまえさんのような金持ちは治るが、貧しい者は放置されておる。かなりの金を払ったのであろうな」

「ええ、まあ……ですが、そのことで責められるとは思いませなんだ」

「別に責めてはおらぬ。世の中とはそうしたものだ。貧しき者の面倒を見るのは、御公儀の役目ゆえな。にも拘《かか》わらず、奥医師の立場にありながら、特定の者たちだけに処方する心がけが少々、気になっただけだ」

「…………」

「それに、『金毘羅堂』のこともな。たしかに、生薬屋など薬種問屋は、薬の作り方は秘密であり、〝一子相伝〟の技《わざ》でもある。しかし、幕府公認の薬種問屋であるからには、公に資するものでなくては……」

清堂の口調は、まるで何か不正でもあるかのような言い草であった。

『和薬種《わやくしゅ》改《あらため》会所《どころ》』という役所が、吉宗によって設置されている。

ここは、薬の品質検査や真偽の吟味を調べる役所だ。江戸では伊勢町《いせちょう》表河岸、大坂では淡路町《あわじちょう》にあって、品質の統一を守り、新薬についても厳しい検査がされた。だが、偽薬の取り締まりは、なかなか困難であった。

江戸、京都、大坂などそれぞれに町奉行支配下で、薬種問屋が結成されたのはいいが、偽薬が出廻っていた。後世《こうせい》の儒医・橘春暉《たちばなしゅんこん》は、

——偽物ならざるものは稀《まれ》なり。人皆、病危うき時に当たりては、家を破りても高金を出し、これらの薬を買い求めて用ゆるに、真物ならざれば何のしるしもなくて、家をも破り命をも落とす。

と悲惨な状況を書き記している。偽薬を売るのは死罪であるが、それでも売られていたのは、相当儲かるからであろう。

「清堂先生は、『金毘羅堂』が売っているのが、偽薬だとでも……私はご覧のとおり、治して貰いました」

吉右衛門は『金毘羅堂』を庇《かば》うように言ったが、清堂はもう頭の中で、画策《かくさく》があったのであろうと思っていた。つまり、水無瀬順庵と『金毘羅堂』が結託《けったく》をして、疱瘡

を流行らせた上で、薬を高値で売ったということだ。

「そんなことは絶対に許せぬな……」

清堂は心の中に湧《わ》いてくる怒りに、耐えることができなかった。

七

恩師である清堂の話を受けて、紋三は何軒か『越後屋』同様の商家を廻った。その上で、紋三は〝本丸〟である『金毘羅堂』に出向いた。いずれも破格の高価な薬で、治癒させていたからである。

店の奥から出てきた『金毘羅堂』の主人・仙右衛門は、清堂が思っていたよりも遥かに若い男で、目がギラギラと輝いていた。見方によっては、野心に満ちているかに見える。

しかも、押し込みに妻を殺されかけて間がないはずなのに、悲痛な面持《おもも》ちではない。紋三には、それが不思議だった。

「門前仲町の紋三って者だが、少しばかり話を聞きたい」

紋三が名乗ると、相手は支配地違いの岡っ引が何故にと思った。が、名の知れ渡っ

た相手でもあるからか、

「そろそろ、いらっしゃると思ってました」

と冷静な声で迎えた。

「なぜだい」

「〝枯れ紅葉〟の薬が欲しいのでございましょ？　深川の方では不幸にもかなり、広がってるようですからねえ……」

「そうじゃねえ。深川養生所の藪坂清堂先生の使いできた。もちろん、今、おまえさんが扱っている薬のことでだ」

「さようでございますか……藪坂先生のお噂はよく耳にしております」

「そうかい。俺の師匠でもあるからな。だが、ろくな噂ではあるめえ」

「はい。金持ちには厳しく、貧乏人は優しい。医は仁術を実践しておいでの方だと……私はそういう表面《おもてづら》のよい人間が、一番、信用できないのです」

穏《おだ》やかな物腰だが、恨みでもあるかのように、言葉の内容は喧嘩を売っている。紋三は睨みつけるように仙右衛門を見た。

「俺も、かい……」

「はい。評判の良い人ほど、裏では何をしているか分かったものではありません」

「俺は善人でも悪人でもない。人の命を弄《もてあそ》ぶ輩が嫌いなだけだ。おまえのようにな」

「………」

「この店で作った〝枯れ紅葉〟の薬を分けて貰いに来たのでもない。すでに、清堂先生も、それなりの薬を作れたからだ」

「──ということは、やはり私がしたことを咎《とが》めに来たのですね」

仙右衛門はすべてを承知しているかのように、紋三を見つめながら、

「紋三親分が直々に乗り込んできたときは、事件の目星をつけてのことだと、何人もの与力や同心の旦那に聞いたことがあります。さすがは捕り物名人、ぬかりはありませんね」

と言った。

その態度も相手を挑発しているものに他ならない。そして、自分は決して捕らえられることはないという自信の表れであった。

紋三が何か言いかけると、仙右衛門は唇に指を立て、

「私から申し上げましょう……〝枯れ紅葉〟の患者から黴菌を金持ちの商人にうつして病に罹らせ、その商人に培養した薬を高値で売りつける。それで大儲けをした」

「………」

「そのことが、いけませんか？　治したのだから、いいじゃないですか。しかも、一度、罹患すれば、次は罹りにくくなるというではないですか。私は、その方法で人助けをしただけです」

いけませんかと、仙右衛門は繰り返して、

「清堂先生も薬ができたのなら、それを貧しい人に植えたり、飲ませたりすればよい話ではないですか」

「おまえがやったことは、わざわざ怪我をさせておいて、恩着せがましく治してやってるようなものだ。薬を扱う人間のすることではない。それに……」

険しい目になった紋三は、語気を強めた。

「人の命を弄ぶことを、許すことはできねえ」

「実母や妻を犠牲にして、万人に効く薬を作った偉人もいるではありませんか」

「かもしれねえが、それは実母や妻が申し出て行われたことであって、騙し討ちにするのとは違うんじゃねえか？」

紋三は厳しい声で言ったが、仙右衛門は苦笑し、

「そういうところが鼻につくんですよ。何様なのですか。たかが岡っ引や一介の町医者が、神や仏とでも思っているのですか」

「どうやら、人嫌いのようだな……いや、医者嫌いか」

「…………」

「だからこそ、あえて奥医師の水無瀬順庵まで担ぎ出して、〝枯れ紅葉〟の信憑性を高めたんじゃねえのかい」

紋三が責めると、仙右衛門は鼻で笑い、

「水無瀬順庵先生も医術は出世の手段。金儲けのためだとハッキリと申しております。私はその姿勢こそが本音だと思います。本音で生きている人間こそが良い人間で、何かと繕《つくろ》っている輩は悪人だと思いますよ」

「俺は本心から、人の命に貴賤《きせん》はなく、誰の命もが大切だと思ってるぜ」

「それは結構なお考えで……だったら、すべての人間を助けて下さいませんかね」

「——ん……？」

「人は病に罹れば、死にもする。人の命に貴賤がないのなら、あの日に戻って、助けてくれませんか、私のおふくろの命をッ」

意外な言葉を吐いて、さらに鋭く睨みつける仙右衛門の顔を、紋三は眉間に皺《しわ》を寄せて睨み返した。

「何のことだ。あの日に戻ってとは、どういう意味だ」

「親分さんには関わりないこと……いや、天下の紋三親分が尊敬している医者の正体こそ、人でなしですよ」

侮蔑《ぶべっ》するように吐き捨てて、仙右衛門は憎悪《ぞうお》が膨《ふく》らんだ顔になって、

「もう十年も前のことです。雪がちらつく寒い夜のことでした……清堂先生は、小石川養生所の与力から、町医者になった人だと聞いてましたから、信頼できる人だと思ってたんだがね……丁度、今のような疱瘡が、長崎からもたらされたと大騒ぎになってました」

「…………」

「その時、先生は雪道の中を、疱瘡に罹った人たちを隔離して、看病するために奔走《ほんそう》してましたね……その途中で、私は先生に出会いました。地獄に仏とはこのことだと思いました。私の母親は急な差し込みがきて、尋常ではなかったのです。まだ子供だった私は、どうしてよいか分からず、先生に縋《すが》りました。ですが、そのとき先生は

「…………」

「私に冷たく、『今はそれどころじゃない。他の医者に診て貰え』と言って、突き放すように駆け去りました……その翌日、母親は死にました。盲腸《もうちょう》が破裂して、痛み

に苦しみながら……」

唖然《あぜん》となって紋三は聞いていた。

その夜のことは、紋三もうっすらとだが覚えている。そのようなことがあったと、清堂から聞いたこともある。しかし、地獄のように喘《あえ》いでいる人々が救いを求めており、しかも手立てを講じておかないと、大勢の人々に感染するかもしれぬ。だから、必死だったのであろう。

「目の前のひとりを救う……それが、清堂先生の信念だと聞いたことがあります。ふん……ちゃんちゃらオカシイ。そんな医者が、正義面《づら》してることも然《しか》り」

恨みがましい言い草の仙右衛門に、紋三は腰を引くと、土間で土下座をした。

「——申し訳ない。俺が……俺が、清堂先生に、とにかく助けてくれと、頼んでたんだ。他の患者を後廻しにしてでも、疱瘡をどうにかして欲しいと」

「………」

「先生が悪いんじゃねえ。俺が間違いだったのだ。許してくれとは言わないが、本当に済まないことをしてしまった」

肩を震わせながら見下ろす仙右衛門は、

「ほう……麗《うるわ》しい師弟愛ですな……」

と言ったが、感極《かんきわ》まったのか、思わず怒りに任せて、紋三を足蹴《あしげ》にした。そして、罵声を浴びせた。

「本当に詫《わ》びる気持ちがあるなら、今すぐ、医者を辞めろと、清堂に言え！　おまえも、人の命を弄んだなどと、私を非難するなッ。少なくとも私は、薬で人の命を救っている。そのために薬種問屋に奉公したんだ。おまえらとは違うんだ！」

あまりにもの大声に、番頭や手代たちも心配そうに廊下から駆け寄ってきた。その中に、妻のおしのの姿もあった。

背後にはなぜか、土屋も立っている。

——おや、誰だ……？

と見やる仙右衛門に、おしのは近づいた。菊次に付けられた怪我で、まだ痛々しい脇腹を押さえながら、縋るように声をかけた。

「もう、おやめ下さい、おまえさま……それ以上のことをすると、あまりにも自分が惨《みじ》めになりませんか」

「おしの……何を言い出すんだ」

「あなたのお母様のことは、私も親戚の方から聞きました。お母様が亡くなったのは、もう助からない悪い出来物のせいです」

「それは結果がそうだっただけだ。だからといって、あいつの行いは許せない」

仙右衛門はさらに清堂の代わりに紋三を蹴ろうとしたが、土屋が止めた。

「これ……私は、奏者番で寺社奉行の土屋采女正だ。水無瀬順庵からも事情を訊いて、若年寄に成り代わり、話しにきた」

「えっ……」

「余は、此度《こたび》の疱瘡を静める担当ゆえな」

「！……」

「それに、清堂先生を責めたところで、おまえの悪事は消えぬぞ」

「——私の悪事……？」

「おしのから聞いた。菊次という男が、何故、この『金毘羅堂』に押し込んで、女房のおしのさんを刺すことになったのか」

「…………」

「菊次は押し込みをしたわけではない。ここまで言えば、分かるであろう、仙右衛門」

最後の最後くらいは相手に反省の余地を与えようと、土屋は思ったが、仙右衛門は憎悪の表情が増すだけだった。

「……言っている意味が分かりません」

「惚《とぼ》けるか。ならば、奉公人の前だが暴《あば》くしかあるまい。おまえは……人殺しだ」

「なんですと？」

仙右衛門の顔に、わずかだが動揺の色が広がった。

「紋三……おまえが言うてやれ」

土屋の命を受けて、紋三は座り直して、

「仙右衛門さん……あんたは〝枯れ紅葉〟が流行り始めた頃、菊次のような者を使って、疱瘡の菌を集めて薬を作った。それは良いことだ。だが、その薬で儲けるため、わざわざ金持ちの商人に疱瘡の菌を吸わせて病にし、高値で薬を売りつけた。つまり、自作の狂言ということだ」

「…………」

「お墨付きをつけるために、奥医師の水無瀬順庵を担ぎ出した。順庵も診立て料で莫《ばく》大《だい》な稼ぎになるから、承知したんだろう。その辺りのことは、土屋様がお調べ下さった」

「…………」

「しかし、菊次は自分までが〝枯れ紅葉〟に罹って大変な目にあった。薬を与えれば治るのかもしれないが、恐ろしくなって、あんたの悪事をバラすと言い出した。でないと、世の中で助かる人も助からなくなるからだ」

紋三はさらに仙右衛門を睨みつけて、

「余計なことを喋られては困る。だから、あんたは、薬を作っていた〝竜宮城〟の者たちに殺させ、始末は火盗改の島崎又五郎に頼んだ……〝枯れ紅葉〟に罹らせた上で塵芥の島に捨てたのだ。行きずりに死んだと見せかけてな」

「――知らん……」

「菊次はおまえを脅したが、拒まれたので、廊下で聞いていたおしのさんを刺して逃げた……畏れながらとお上に訴えて出る前に、菊次は島崎らに掴まったってことだ」

「証拠もないことをベラベラと……」

言いかける仙右衛門を制して、今度は土屋が断定した。

「おしのはキチンと話した。島崎もとうにお上に捕らえられ、吐いておる」

さらに責め立てる土屋だが、往生際《おうじょうぎわ》が悪いのか、仙右衛門は知らぬ存ぜぬである。

「薬で儲けたのは確かですよ。でもね、菊次という男を使って病に罹らせたことなんぞないし、島崎なんて火盗改も知りませんね。おしのは恐い目に遭って、何か勘違いをしてるんだ」

キッパリ仙右衛門が言ったとき、紋三がおもむろに立ち上がって、

「いや。証《あかし》ならある」

と言った。

「塵芥の中で、菊次の死体を見つけた清堂先生が聞いたんだ……菊次の亡骸が、おまえに殺されたと囁《ささや》いていたんだとよ」

「囁いた……？」

「ああ。菊次が〝枯れ紅葉〟に罹ったのは、疱瘡の種を人にうつそうとして、自分もなっただけのことだ。が、菊次の死因は、首の骨が折れるほどの力で紋められたからだ……紋めたのは、島崎でもその手下たちでもない。おまえさんだよ」

「どうして、そんなことが……」

「だから、言っただろ。菊次の亡骸が囁いたんだと」

「ふ、ふざけるなッ」

感情を露わにした仙右衛門を、紋三は凝視《ぎょうし》して、

「おしのさんを刺して逃げた菊次を、おまえはすぐに追った。そして、追い詰めて力任せに腕で首を紋めて殺した……そのとき、菊次は抗《あらが》って、おまえの髪の毛を摑んだはずだ。その髪の毛の何本かが、菊次の指の爪に残っていたのだ」

「私の髪だという証があるのか」

「ある……人の髪には、その人間が飲み食いしたものも分かるという。たとえば、大酒飲みのものと、甘党じゃ違う髪質になる。菊次の爪に残っていた髪には……おまえが作った薬の養分がたっぷり残っていた」

「………」

「毎日のようにその薬を扱うおまえの髪には、疱瘡の菌がうようよと な……おまえほどの薬種問屋なら、顕微鏡《けんびきょう》のことくらい知ってるだろう……分かるな?」

顕微鏡の発明は十六世紀末にはオランダで完成し、日本にも持ち込まれていた。特に、吉宗が天体望遠鏡とともに使っていたことも、有名である。十七世紀には、顕微鏡を使って描いた、微生物のスケッチも残っている。倍率はわずか百数十倍に過ぎないが、画期的な発明であった。

「死体の始末は、島崎らがしたが、殺したのはおまえだ……人を人とも思ってないから、わざと疱瘡に罹らせたり、殺したりするんだ……母親に顔向けできんな。おまえを支えてきた女房殿にも」

庶民には手にできない高価な薬だ。が、命には代えられないと、金持ちは買い占めようとし、庶民はなけなしの金で買い求めていた。お陰で薬種問屋は大儲けをする。

その程度の便乗商法なら許せるかもしれぬが、

「人の命を弄んだ仙右衛門は万死に値する！」

と紋三は厳しく罵るのだった。

その直後――。

幸い、疱瘡が広がることはなかったが、土屋采女正によって、龍泉寺を正式な深川養生所とすることにした。小石川養生所同様に、貧しい人々が利用できるようにし、藪坂清堂が常駐することとなったのである。

むろん、紋三が大岡越前に働きかけた賜《たまもの》であることは語るまでもない。

第四話　守銭奴《しゅせんど》

一

京橋《きょうばし》といえば、金座や銀座から程近い上に、染め物や細工物などの職人の町がならんでいる。それに加えて、江戸近郊から運ばれてくる茗荷《みょうが》や蕪《かぶ》、小松菜《こまつな》、千住葱《せんじゅねぎ》などが集まる大根河岸《だいこんがし》もあって、活気ある町人で賑《にぎ》わっていた。

しかも、大店《おおだな》が連なる日本橋《にほんばし》とは目と鼻の先であり、京橋川から汐留《しおどめ》川までを結ぶ三十間堀《さんじっけんぼり》川には、沢山の荷船が競い合うように往来していた。その櫓《ろ》の音は、掘割沿いの通りを走る大八車《だいはちぐるま》の軋《きし》み音や人足の声とあいまって、溢《あふ》れんばかりの喧噪《けんそう》となっていた。

表通りには、呉服問屋、銘茶問屋、紙問屋、乾物問屋、織物問屋、薬種問屋、染め物屋、菓子屋、紅白粉屋《べにおしろいや》、筆墨屋、線香屋などがずらりと並んでおり、それぞれの店先には埃《ほこり》を静めるように水が打たれてあった。

その激しい往来《おうらい》の一角に、『灯り屋《あかりや》』という文字通りの蠟燭《ろうそく》屋が、ひっそりと営《いとな》まれていた。暖簾《のれん》の長さは、店の古さを表していると言われているが、さほど客足が多いようには見えなかった。

「ええ！　ごめんなさいよ、『灯り屋』さん！　『池之端弁財堂《いけのはたべんざいどう》』から集金に伺《うかが》いましたよ、『灯り屋』さん！　元金利子《がんきんりし》合わせて、百五十三両と三分です！　本日中にご返済いただけなければ、従前《じゅうぜん》よりご通知しているとおり、お宅の蠟燭を現物で頂戴《ちょうだい》致します！」

往来の人々が吃驚《びっくり》して立ち止まるほどの大声を、『灯り屋』の中に向かって発しているのは、小粋《こいき》な芸者風の若い女である。浮世絵から抜け出てきたような美形で、襟《えり》足《あし》が妙に艶《なま》めかしい。

だが、近所の店の者たちは、その声に飛び出してくるものの、

──また、あの女か……。

と顰《しか》め面《つら》で見やるだけだった。

蓄財《ちくざい》の女神、弁財天にちなんだ店名が、『池之端弁財堂』なのだが、

——弁財屋お菊《きく》。もしくは、弁天のお菊。

というのが通称であった。弁財屋というのは、ちょっとタチの悪い、強引な借金取り立て屋のことでもある。

その女の後ろには、目つきの鋭い遊び人風がふたり控《ひか》えていて、辺《あた》りを威圧《いあつ》するように見廻している。

「ちょいと『灯り屋』さん。暖簾を出してるんだから、いるんでしょ？　返事くらいして下さいなァ！　百五十三両と三分！　今日がお約束でしたよねえ！」

さらに大声で、わざとらしくお菊が畳《たた》みかけると、店内から、背中に赤ん坊を背負った中年男が顔を出した。情けない風貌《ふうぼう》で、ぐずっている赤ん坊を背中であやしている。

「なんだ、いるんじゃないですか。『池之端弁財堂』のお菊です」

「あ、どうも……」

『灯り屋』の主人・浜助《はますけ》は、卑屈《ひくつ》そうな顔でペコリと頭を下げた。

「どうもじゃありませんよ。人に大声出させないで下さいな。こちとら、まだ嫁入り前の娘なんですからねえ、恥ずかしいったらありゃしない」

そんなことなど、みじんも思ってない顔つきである。お菊は空を見上げて、

「おや……朝から嫌な雲行きだったけど、ポツリポツリ来ましたねえ。ちょいと、お邪魔しますよ」

と半《なか》ば強引に入ると、用心棒ふたりもズケズケとついてきた。この男たちの顔が恐《こわ》かったのか、赤ん坊が俄《にわか》に泣き出した。

「──先日、女房が、この子を置いて、出ていきまして……」

「知りませんよ。お金は用意できたんでしょうね」

「いえ、それが……」

「あ、そうですか。じゃ、仕方ないけど……おい、鮫次郎《さめじろう》、寅吉《とらきち》」

お菊が顎《あご》で命じると、用心棒の遊び人ふたりは、手当たり次第、商品の蠟燭や燭《しょく》台《だい》などを行李《こうり》に詰め始めた。

「ま、待って下さい。そんな……持って行かれたら困ります。借金もまだぜんぶ、卸《おろ》し問屋に払ってないんですから……」

「こっちだってね、蠟燭なんか貰ったってしょうがないんだよ。でも、こうするしかないでしょうが。売り飛ばして金に換える手間がかかるんだ。その分、上乗せして貰わないとねえ」

「お願いです。どうか、どうか……」

フンと押しやって、お菊は苛々《いらいら》と、鮫次郎と寅吉に向かって、

「さっさと片付けて、いつもの献残屋《けんざんや》で処分してきな。私は次へ行ってるからよ」

献残屋とは、大名や商家などが中元や歳暮で余った物品をそのまま引き取り、安く売り捌《さば》くのを生業《なりわい》としている。それゆえ、取引先の台所事情がよく分かるので、贈物の相談を受けることがある。誰が何処《どこ》に、どのような賄賂《まいない》を渡せばよいかも熟知《じゅくち》しているから、〝まいない屋〟と呼ばれることもあった。

同時に、借金のカタにしていたものを引き受けることも多く、いわば世間の裏事情に通じているから、中にはタチの悪いのもいた。お菊の取引相手も決して素行《そこう》がよいとはいえないが、背に腹は代えられないのだ。

「じゃ、頼んだよ。ああ、忙しい、忙しい……傘《かさ》、利子に貰って行きますよ」

入り口の瓶《かめ》に置いてあった番傘を手にして、さっさと出て行こうとするお菊に、浜助は必死に縋《すが》りついて、

「た、頼みますよ……私たち親子に心中しろと言うんですか」

「知りませんよ」

お菊は袖を振り払って表に出た。火が付いたように泣き出した赤ん坊を背負ったまま、浜助は追いかけて、

「そんな言い草はないでしょうが。元はといえば、要《い》りもしない借金を無理にさせたのは、そっちじゃないですかッ。私はね、そのお陰で利子を返すだけで精一杯で……」

「人聞きの悪いことを言いなさんな。泣いて頼んだのは、何処のどなたでしたっけねえ。こうなったのは、逃げた女房のせいでしょうが。あんな若い女に入れ上げて、贅《ぜい》沢《たく》をさせるから、こうなったんだろう？　鏡でてめえのツラをよく見ろってんだ。いい年こいて、自業自得《じごうじとく》ってんだよ」

ギャッと泣き出した赤ん坊に、お菊はニッコリとまるで菩薩《ぼさつ》のような笑《え》みを投げかけて、れろれろとあやした。すると、水に打たれたように、サッと赤ん坊は泣きやんだ。

「ほらほら、泣いちゃダメだよ……お父《と》っつぁん、あんたのために、もっと働くから、頑張って貰わないとねえ……でも、大人は大人の事情があるから、あんたのお乳代は、ご近所さんに面倒見て貰いなさいな」

お菊は赤ん坊の頭をそっと撫《な》でると、背中を向けて歩き去った。赤ん坊はなぜか泣きやんだままだったが、

「鬼女！　鬼畜生！　おまえなんか地獄に落ちてしまえ！」

と浜助は叫んだ。

「あいにく、閻魔《えんま》様はうちの守り神なもんでねえ。さいなら」

背を向けたままそう言って、お菊は次の訪問先に行った。


同じように、店の屋号を大声で怒鳴りながら、お菊は借金と利子の金額を近所に聞こえるように触れ廻った。慌《あわ》てて出てきた絹問屋の主人や番頭に、お菊はニコリと微笑《ほほえ》みかけ、

「お仕事中に相済《あいす》みませんねえ。ご多忙なのは重々、承知しておりますが、直《じか》に『池之端弁財堂』まで届けに来るとおっしゃいながら、一向にいらっしゃらないので、てっきり首でも吊《つ》ってるんじゃないかと心配で参《まい》りましたのよ。ああ、生きててよかった。おたくたちも、そう思うでしょ？」

と弥次馬《やじうま》を眺《なが》めながら、傘をくるりと廻した。

「ここでは何ですから、中で……」

店の主人の銀兵衛《ぎんべえ》が誘ったが、お菊は面倒臭そうに、

「入ったところで、持って帰る金目のものはありませんからねえ。さあ、耳を揃《そろ》えて、二百両ぴったり返して戴《いただ》きましょう。これでも利子はおまけしてるんですからね」

「だから、ないものはないんですよッ」

「おや、居直《いなお》りましたね。では、こっちも同じように居直らせて貰いますよ」

お菊は傘を畳《たた》むと、まるで刀を突きつけるように主人と番頭を押しやり、店内に入ると下駄《げた》のまま上がり込んだ。店の奥には、十歳くらいの女の子が、恐々《きょうきょう》とした顔で、お菊のことを見上げている。

「ご主人。この娘《こ》を貰っていくよ。けっこう可愛《かわい》いから、吉原《よしわら》でも充分《じゅうぶん》、通用すると思うからねえ」

「な……なんてことを！」

駆け戻ってきた銀兵衛は、お菊に体当たりするように突き飛ばした。よろよろと倒れたお菊は、柱で額《ひたい》を打った。俄に、目の上が青みがかって膨《ふく》らんだ。

「——この怪我は高くつきますよ、銀兵衛さん……」

「あ、あんたが、人でなしのことをしようとするからだッ。店の借金に、その子は関わりがないッ」

必死に訴《うった》える銀兵衛に、お菊は鋭い目を向けながら、

「冗談は顔だけにしておくれよ……このとおり、あなたはちゃんと書いてる。借金が返せない暁《あかつき》には、娘を廓《くるわ》奉公させるってね」

と懐《ふところ》から出した借用書を見せた。

「どうなんです？　あなたが書いたんですよねえ」

「そんな……御定法《ごじょうほう》を犯すようなことをしていいんですか」

「知らないよう。娘を差し出すと、ほら、あんたの字ですよねえ。ほら、ちゃんと見ておくれな。娘を大事にしたきゃ、返すものを返せばいい話じゃないか、エエッ！」

お菊はきつい言葉を吐《は》く一方で、娘にはにっこりと笑いかけて、

「ねえ。可哀想に……お父っつぁんがしっかりしてりゃ、あんたが身を削《けず》ることはないのにねえ……でも、恨《うら》むなら、お父っつぁんを恨みなさいよ。私は金を貸しただけだから」

と言いながら頭を撫でた。思わず、娘は離れて、

「鬼ッ！」

と吐き捨てるように言った。

「私もね、おまえさんくらいの年に……いや、もっと小さかったかねえ……同じことを借金取りに叫《さけ》んだよ」

「………」

「でも、誰も助けちゃくれなかった。みんな知らん顔してた。そのとき、思ったんだ

……悪いのは、借金取りじゃない。払えない、お父っつぁんが悪いんだ。そして、決して助けてくれない世間なんて、あてにしちゃダメだってね」

お菊は娘の手をそっと握って、

「分かるかい？　誰も助けちゃくれないんだ。救ってくれるとすれば……それは、金だ……お金があれば、あんたは助かる。金がすべての世の中なんだよ」

と囁《ささや》くように言ったときである。黒い影が店の中に伸びてきて、

「その辺にしておいてやりなよ、『池之端弁財堂』さんとやら」

声がかかった。暖簾を分けて入って来たのは、門前仲町《もんぜんなかちょう》の親分紋三《もんぞう》だった。いつもの穏《おだ》やかな顔だが、目の奥は笑っていない。お菊はじっと見つめ返して、

「だったら、おまえさんが払ってくれるとでも言うんですか」

とすぐに聞き返した。

「二百両耳を揃えて払えと言われてもできないが、話は聞いてやるよ。俺は、門前仲町の十手《じって》持ちで紋三という者だ」

「ああ。あの……」

よく名の知れた親分だから、お菊もすぐに納得した。

「銀兵衛さんとは、よき碁敵《ごがたき》でもあるからねえ。借金のことは、俺がお白洲《しらす》で決着が

付くまで面倒見てやるから、娘から手を離しなさい」

「金貸しに黙って帰れってのも、紋三親分も随分《ずいぶん》と野暮《やぼ》なんですねえ。私は金さえ返ってくれれば、それで結構《けっこう》です。ま、今日のところは、江戸で一番の大親分の顔を立てて、帰るとしますがね……また立ち寄らせていただきます。いい友だちを持ってようございましたねえ、銀兵衛さん」

憎々しげではあるが、妙に艶やかな笑みを投げかけ、お菊は腰を振りながら表に出た。

雨がさらに強くなっている。

「なんだよねえ……」

小さく溜息をついて、水たまりを避《よ》けるように歩いて行く。

そのお菊の姿を——小銀杏《こいちょう》に黒羽織《くろばおり》の伊藤《いとう》が、じっと睨《にら》みつけていた。いつもと少し違って、毒気のある鋭い目つきだった。

二

氷川《ひかわ》神社の森には、秋風が吹き抜け、雑木林の中には枯れ葉も舞い落ちていた。

その枯れ葉がひらひらと飛んで、〝うだつ屋〟智右衛門《ちえもん》の屋敷の中に散らばり、池の水面《みなも》を埋め尽くすほどであった。もうすぐ冬支度をしなければならぬ時節《じせつ》になっている。〝うだつ屋〟とは、人様の借金を背負《しょ》い込んだり、傾いた店を請け負《うお》って、再び商売を立て直す、いわば再建屋である。

――今年の夏は、猛暑《もうしょ》続きだったが、秋の虫が聞こえたばかりなのに、えらく雪が降るのが早いなあ……。

縁側から遥《はる》か遠くに見える富士山は、もうすっかり白くなっている。

智右衛門は、ある材木問屋の負債を背負い込んで、紀州《きしゅう》まで出かけ、様々な手立てを講じていた。大勢の人足《にんそく》を雇《やと》って、材木の伐《き》り出しを強行していたが、筏《いかだ》に組んで江戸に運んでくるのは、来年の梅が咲く頃になるであろうか。

元は紀州藩の御用商人だった智右衛門は、ポンと三千両もの大金を出し、色々と段取りをつけた。紀州といえば、八代将軍吉宗《よしむね》の出であるから、老体に笞《むち》打って頑張ったのだが、頼りにしていた江戸の大がかりな公儀普請《こうぎぶしん》の話は、滞《とどこお》っていた。

とはいえ、物事が進めば、材木の値も上がり、大儲《おおもう》けが待っている。智右衛門にとって三千両は安い出費と思うしかなかった。実際、来春になれば、幕閣《ばっかく》は普請を公言し、それに連れて、必ず材木の値が上がるはずだ。

「――珍しく、読みが外《はず》れたのでは、ありませぬか……？」

番頭の和兵衛《わへえ》が、縁側でぼんやりしている智右衛門に、心配そうに声をかけた。

「おい。和兵衛、か……」

長年、智右衛門に仕えていた番頭が、病《やまい》がちになって隠居《いんきょ》してから、幕府の勘定方《かんじょうがた》から和兵衛を、智右衛門が引き抜いたのだ。まだ三十前で、いかにも算用に秀《ひい》でた能吏《のうり》という顔つきだが、やはり元は御家人だけあって、きちんとした物腰であった。

幕府からの俸禄《ほうろく》を断ち、代々続く大河原《おおがわら》家と縁を切ってまで、浪人の身ながら智右衛門に仕《つか》えたのは、あくまでも実入りが良いからだと割り切っている。

それまで、六十俵四人扶持《ぶち》で、町方同心の倍はあったが、金子《きんす》にすればわずか、年収は三十両ばかりである。その十倍の金が入るのだから、大店の番頭の倍以上である。自分の才覚を活《い》かしながら、世のため人のために働くという意識も強くなった。

「どうだ。少しは慣れたかね」

智右衛門が振り返ると、和兵衛は真面目《まじめ》そうな双眸《そうぼう》を向けて、

「はい。公儀の役人は、たしかに天領の民たちや江戸町人のために働いているという思いはありますが、直に手応《てごた》えがありませぬ」

「そりゃ、〝官〟より〝民〟の方が、世の中の実情も分かって面白いだろう。宮仕え

が悪いとは言わぬが、おまえさんのように聡明《そうめい》な人は、市井《しせい》で頑張ってこそ、人々が幸せになるというもの」

「立て直しとは、人の命を救い、絆《きずな》を繋《つな》ぐことだ……そうおっしゃった智右衛門さんの考え、思いに胸打たれました……本来ならば、公儀が率先《そっせん》してやらねばならぬことを、あなたは実践《じっせん》なさっている。しかし、世の中の人は、旦那様のことを誤解し、ただの金儲け、金の亡者《もうじゃ》と悪口を言う者もいます。私はそれが我慢できません」

「人の評判は気にすることはない。あながち間違ってもおらん」

「え……？」

「事実、私自身は何も富を生んではおらぬ。ただ、どうしたら世の中が転がるか……いや、それも大袈裟《おおげさ》だな……目の前の困っている人が、自分で立ち上がれるようになるか。その手伝いをしているだけだ」

「そういう謙虚《けんきょ》なところが、宮仕えをしている者にはあまりいません。民百姓の年貢で暮らしておきながら、何かしてやっているという横柄《おうへい》な者が多いのです」

「偉そうにするのも侍の仕事であろう。威厳《いげん》がなくなっては、これまた世の中がうまく廻らなくなるかもしれん」

「そうでしょうか……」

さらに何か言いたげな和兵衛を制して、智右衛門は訊《き》いた。

「そんな話をしにきたのではあるまい？」

「あ、ええ……」

「紀州の材木のことなら、私に任せておいておくれ。損はさせぬ」

「損得の話ではないのです」

「というと？」

智右衛門はじっくり話を聞こうと、座敷に入り、簡単に茶を点《た》てた。釜の湯気で、心地よく部屋に温《ぬく》もりが広がっていた。

「実は……また老中首座の内藤紀伊守《ないとうきいのかみ》様から、例の文《ふみ》が届いております。新たな町人に課する税についてでございます」

「ふむ……」

「内藤様は、旦那様が紀州藩と示し合わせるように材木を取り込んだことを承知しており、材木を運ぶための新たな船税のことを聞き及んでおります。紀州にならって、江戸にも新たな税を作ることで、幕府の収益を上げたいとのことです」

「――困ったものだな……その話については、何度も内藤様にお断りしたのだが……」

「自分も紀伊守と守名乗りをしているくらいですから、紀州には思い入れがあるのでございましょう……」

「しかしなあ……」

茶を飲んで深い溜息《ためいき》をつき、智右衛門は中庭を見やった。かつて、飢饉《ききん》の折に棄捐《きえん》令《れい》が出た際には、豪商などが屋敷内に池や能楽堂を造ることを禁じられたこともある。それほど幕府は倹約《けんやく》することに必死だった。

中には、八万両以上もの借金を踏み倒されて潰された札差《ふださし》もある。それがキッカケとなって、一晩で百両、二百両使って遊興《ゆうきょう》するのが当たり前だったのが、同じ質の遊びを十両でするのが、〝粋〟だと言われるようになった。

しかし、それでも贅沢《ぜいたく》の極《きわ》みである。幕府はあの手この手で、庶民の無駄遣《むだづか》いを減らす一方で、公儀普請などの支出も渋るようになった。景気はどんどん落ちていくため、商家からの賄《まかない》も減るから、幕閣の実入りも減り、懐はますます厳しくなる。

――このままでは、また飢饉《ききん》が起これば、幕府の財政は破綻《はたん》する。

と判断した内藤紀伊守は、厳しく支出を制限する一方で、町人からも吸い上げる策を考えていた。当時は、百姓が生産した米、つまり年貢で成り立っていたから、為政《いせい》者《しゃ》には労働力の対価に税をかける考えはなかった。人足の賃金から上前《うわまえ》をはねることは、しなかったのである。

　だが、世の中の職人や人足から、稼いだ金の一部を上納させたり、売買で得た利益から税を取れば、莫大《ばくだい》な収入があると幕府は算盤《そろばん》を弾《はじ》いた。その算出をするために、和兵衛も上勘定所に出向いて、今でいう〝市中調査〟などをしていたという。

「しかしな、和兵衛……百姓は、領主から土地を借りて耕《たがや》して作物を作るから、その見返りとして、米を払うという意識はある。税という文字は、穀物を抜き取るという意味もあるしな、ある程度はやむを得まい」

「ええ……」

「しかし、商人は自ら地代や家賃を払い、仕入れ値と売れた商品の差し引きで儲けが出る。職人とて、自分が精魂《せいこん》込めて作ったものが売れて、ようやく暮らしができる。百姓たちがそうではないとは決して言わぬが、町人は創意工夫によって、精一杯、営んでおるのだ」

「おっしゃるとおりです。ですから、私からも、上松《うえまつ》様を通して、町人への課税は無理があると、申し上げてきました」

　上松とは、内藤の用人《ようにん》のひとりである。

「これまでも、間口に冥加金《みょうがきん》をかけたり、関所では荷の重さに運上金を課したりと、色々なことをしてきましたが、それだけでも商人に負担がかかってきました。それに加えて、大工や人足の日当にまで税をかけるとなると、ギリギリで暮らしている人には重い負担になりましょう」

和兵衛なりに、世の中を憂《うれ》えているのを、智右衛門はきちんと受け止めて、

「さらに此度《こたび》は……おまえも承知していると思うが……物の売買に税をかけようという動きもある」

「売買に……」

「たとえば、私がおまえから、着物を一反《いったん》、買うとする。それが一両とすれば、売り買いするときに、双方に一割ずつ税を課そうというものだ」

「そんなバカな……」

「これが幕閣では真剣に話されている。もし、そのようなことが為《な》されれば、売る方は儲けが減り、買う方は物の値が上がるのと一緒だ。そうなれば、売り手の方はますます値上げをするだろうし、町人は買い渋るようになる……給金に税がかかり、売り買いに税がかかるということになれば、世の中の金品は動かなくなる」

「はい……」

「公儀のお偉方には、それが分かってない。ただただ税を増やし、税を払えるように

するため公儀普請を増やし、そこで働いた人足から、また税を取ろうとしているのだ」

このままでは、智右衛門の不安と不満が、そのまま庶民に広がり、解消されることはなくなるであろう。

「ですが、幕府の財政が傾いているのは事実……享保《きょうほ》の飢饉ほどではないにしろ、凶作に不景気が重《かさ》なり、内藤様は苦慮《くりょ》しているのだと思います」

「凶作というのは、自然によるものだがな、和兵衛……これを飢饉にしてしまうのは、政事《まつりごと》が悪いからだ。無策無能が、飢饉にしてしまうのだ」

「あ、はあ……」

「分からないか？　単純な話が備蓄《びちく》をしておれば、困窮民《こんきゅうみん》を生まずに済む。それを放置しておるから、打ち壊しになるのだ」

「いつぞやも、たった八人の施米《せまい》を断ったがために、それがキッカケで江戸中に打ち壊しが広がった」

深川森下町《ふかがわもりしたちょう》から始まった騒動は、本所《ほんじょ》、赤坂《あかさか》、四谷《よつや》、青山《あおやま》、芝金杉《しばかなすぎ》、高輪《たかなわ》、新橋《しんばし》、京橋、日本橋、神田、本郷《ほんごう》などの広範囲に波紋《はもん》を広げた。特に米屋の多い、伊勢町や本船町《ほんふなちょう》あたりの米問屋、雑穀《ざっこく》問屋は惨憺《さんたん》たるもので、やがて、蔵前《くらまえ》の札差にも打ち壊しは及んだ。

「だが、そんな折でも、不思議なものよのう……狙いを定めた問屋だけを狙い、隣家には決して手を出さず、出火もせぬように大層《たいそう》、気をつけたとか」

「ええ……」

「吉宗公も将軍職に就《つ》いてから、悲痛な思いで、米会所などを作って、改革を進めておいでだが……」

とどのつまりは、幕藩体制の立て直しであって、商《あきな》いを活性することで、世の中を潤《うるお》すことには程遠かった。

御用達商人とは、そもそも領主に必要な物資はもとより、行政事務や技術を提供する商人のことである。経済政策を向上させるために、特権商人を作って、その財力を利用したものの、旗本や御家人の積もり積もった借金は変わらない。

苦肉の策として、利子を下げて計算をし直したりしたが、根本的な解決にはならず、〝打捨て〟という債権放棄《さいけんほうき》をやらざるを得なかったのである。

「その際……棄捐とか打捨てとか、厳しい言葉は使わずに、相対済《あいたいす》ましということで解決をしようとしたが、何万両もの借金を踏み倒される商人にしてみれば、納得できるわけがない」

「いっそのこと、旦那様が幕府の財政を建て直しては如何《いかが》ですか。内藤様は、きっとそれを望んでおいででしょう」

「まさか。私如《ごと》きにできるわけがない」

「ご謙遜《けんそん》を……上様を動かすことができる旦那様が……」

和兵衛は背筋を伸ばして、

「かの貝原益軒《かいばらえきけん》は、〝世間に多く人を殺すこと四あり。刑・兵・歳・病なり〟と『君《くん》子訓《しくん》』の中で言っておりますが、いずれも人の力をもって憂《うれ》いを防ぐことができると述べております。それをせずして、何の君子でありましょうか。幕府は、〝御救い〟こそが使命。領民町人を危難に陥《おとしい》れるのは、もはや為政者とは言えますまい」

御救いとは、幕府がやるべき、軍事、市中警備、外交、福祉、医療、防災、災害復興など様々な危機管理を意味している。

「そのためには金が要《い》ります。富が大切です。旦那様には、それができると思います。いや、為さねばならぬのです」

真顔で迫《せま》る和兵衛に、智右衛門は苦笑を浮かべて、

「大きく出たものだな。買い被《かぶ》るな」

と呟《つぶや》いたが、心の奥では、

――なんとかせねば、この世がダメになる。人々が苦しむ。

そういう思いは常々、ずっと抱《いだ》いていた。

三

門前仲町では一番の呉服問屋『雉屋《きじや》』から出てきたお菊は、茜《あかね》色の陽射しに目を細め、深々と頭を下げた。

「なんだか悪いわねえ」

と独りごちた。

「二度と、あの銀兵衛さんには近づくんじゃありませんよ。いいですね。貸主が、『雉屋』さんに変わったのですからね」

後から出てきた紋三が念を押した。

「分かってますよ、親分さん……それにしても、『雉屋』さんて凄《すご》いねえ……親分さんの頼みで、二百両もポンと」

「おまえさんのような〝糠床屋《ぬかどこや》〟に狙われたら、底無し沼に入ったのと同じだからな。見て見ぬふりはできんよ」

つけこまれる——と掛けているのだ。

「〝糠床屋〟だなんて……私は違います。ちゃんとした金貸しですよう。親分さんは、桁違《けたちが》いの大物だから、こんな人助けができるんでしょうけどね」

微笑みかけながら、お菊は大切そうに二百両の入った袋を抱きしめて、

「でもね、ほんとに人助けでしょうかねえ」

「ん……？」

「だって、銀兵衛さんとやらは、いわば女遊びのために借金をこさえたんですよ。聞けば博奕《ばくち》も嫌いじゃないとか。そういうのは持病と同じだから、また繰《く》り返す。親分さんがなさったことは、また悪い病《やまい》を引き起こさせるのと同じさね」

「………」

「あたし、懲《こ》りない人間は腐《くさ》るほど見てきたしね……ま、そういう奴がいるから、こっちも儲《もう》かるんだけど？」

お菊がからかうように言うと、紋三は穏やかな目を投げかけたまま、

「悪い女じゃなさそうだ。金貸しなんぞ足を洗って、俺の知人の店で働かねえか」

「はあ？」

「高利貸しなんてのは、一生する仕事じゃない。ましてや女の身で……」

「よしとくれな。もしかして、親分さん、私を口説きたいのかい？」

「そうじゃねえ。俺はただ……」

「余計なお節介《せっかい》だってんだよ。女だから、金貸しが一番なんだ。商売には縁のない親分さんには分からないだろうがね、金がないってのは本当に惨《みじ》めですよ。ええ……あたしが金輪際《こんりんざい》、体を売らなくても済んでるのは、金があるからだ。ふん、情けよりも金の世の中だ」

急に蓮《はす》っ葉《ぱ》な態度になって、お菊の目は冷たく光った。

「親分だって、たった今、金で解決したじゃないか、銀兵衛のことをさ」

「……」

「まるで金に感情があるように語る奴が、一番、嫌いなんだよ」

「金に感情……それは洒落《しゃれ》かね」

「面白いこと言うねえ。じゃ、また何かあったらよろしくね。頼りにしてますよ、江戸一番の紋三大親分さん」

ひらりと袖を振って踵《きびす》を返すと、お菊は小走りで立ち去った。

雨上がりの夕陽《ゆうひ》が眩《まぶ》しくて、紋三は女の姿を追うことができなかった。すぐに人混《ひとご》みに紛《まぎ》れて、光の屑《くず》と一緒に消えてしまった。短い溜息《ためいき》をついていると、店の中から

『雉屋』の隠居・福兵衛《ふくべえ》の声が聞こえた。

「紋三親分……ややこしい女じゃないでしょうね……」

紋三は何も答えず、お菊が立ち去った方をいつまでも眺《なが》めていた。


路地を入った途端《とたん》、ふいに男から声をかけられた。

「お菊さん、だな。『池之端弁財堂』の」

振り向くと、伊藤が立っている。口には長い楊枝《ようじ》をくわえていて、少し嫌らしい目つきで見ている。銀兵衛の店の表で、様子を見ていたのだが、お菊は一瞬にして、

——ろくでなし稼業《かぎょう》。

の男だと判断した。大店に権威《けんい》を振りかざして用心棒代わりをしているか、悪党の提灯《ちょうちん》持ちをしているか、そういう類《たぐい》の十手持ちであろうと感じたのだ。

伊藤自身もそう誤解されたと思ったのか、

「俺はそんな輩じゃねえぜ。今し方、おまえが世話になった、紋三とは昵懇《じっこん》だ」

「あらそう……八丁堀《はっちょうぼり》の旦那が、何か用ですかね」

通り過ぎて行こうとするお菊の腕に、伊藤は手を差し伸べた。サッと避《よ》けたお菊は、キリッと吊《つ》り上がった眉を向けて、

「何をするんですか。借金なら店の方へ来て下さいな」

「今しがた、『雉屋』のご隠居から、金を受け取っただろう」

「それが何か？　まさか、物盗《ものと》りの真似事《まねごと》をするってんじゃないでしょうねえ」

汚《けが》らわしい物でも見る目つきになったお菊に、伊藤は嫌らしい微笑《びしょう》を浮かべて、

「そう嚙《か》みつくなよ。この顔つきは、毎日、悪い奴を追いかけてる同心稼業のせいだ。生まれたときは、聖徳太子《しょうとくたいし》様みたいに色白で高貴だったらしいがね」

「用がないなら、行かせて貰うよ」

行こうとすると、その目の前に十手をサッと伸ばして、伊藤は言った。

「悪いようにはしねえ。ちょいと頼まれてくれないか」

「御免《ごめん》だね。旗本や御家人に貸す金なんざないよ。踏み倒されるのがオチだからねえ」

「ほう……棄捐令が出るのを知ってるような口振りだな」

「知らないよ。でも、そういう噂も小耳に挟《はさ》んだ。だから、お武家様はお断り。特に、公儀のお役人にはね」

「逆だ。金を取り立てて貰いたい」

「ええ……？」

不思議そうに、お菊が見やると、伊藤は十手を突きつけたまま、ニヤリと笑った。

「おまえの腕を見込んでのことだ。どうしても、頼みたいヤマがあるんだよ」

「なんだか、キナ臭《くさ》いねえ……町方の旦那が、あたしみたいな素人《しろうと》を頼りにするとは……だんなの名を訊かせて貰いましょうか」

お菊も随分《ずいぶん》と色々な修羅《しゅら》場《ば》を潜《くぐ》ってきたのであろう。十手持ちなんかに動じることなく、問い詰めるように言った。

「南町奉行所本所廻《ほんじょまわ》り方同心、伊藤洋三郎《ようざぶろう》という者だ。元は定町廻《じょうまちまわ》りだから、少しは知られた名だと思うがな」

「知らないねえ」

町方同心の中では、定町廻り同心、隠密廻《おんみつまわ》りとともに、花形《はながた》の〝三廻り〟である。臨時廻りとは、年季《ねんき》の入った同心が多く、特に殺しや盗みという重い罪の探索には欠かせず、下手人を捕らえるや、その長い経験で巧《たく》みに吐《は》かせる器量がある。

本所方は時に、臨時廻りの役目をすることもあった。

「取り立てを頼むのは、俺ではない……阿修羅《あしゅら》の十蔵《じゅうぞう》という、おまえさんと同業の者だよ」

「阿修羅の……！」

一瞬にして、お菊の表情が強張《こわば》った。

もちろん聞いたことのある名だ。お菊に緊張が走ったのは、妙な奴に目をつけられたと感じたからだ。

悪い噂しか聞いたことがない男で、素性《すじょう》も分からず、住んでいる所すらはっきりせず、めったに人前に姿も現さないという。関わり合うべき人間ではない。お菊はとっさにそう思った。だが、伊藤はその内心を見透かしており、

「恐がることはない。とにかく、一度だけ会って、話だけでも聞いてくれぬか」

「私が、どうして……」

「金貸し稼業の中で、『池之端弁財堂』のお菊姐さんを知らぬ奴はおらぬ……前々から、一度、お目にかかりたいと、阿修羅の十蔵は言ってたんだよ」

「なんで、八丁堀の旦那が、そんな奴と繋がりがあるんですか」

「そんな奴とは随分な言い草だな。おまえさんが金を返して貰った紋三よりも、他人様のために尽くしている御仁だと思うがな」

「知りませんよ」

「とにかく、このとおりだ……」

伊藤は腰を折って頭を下げた。そこまでするとは、よほどの事情があるのだろうが、

余計に、お菊は警戒した。

「おまえさんにとっても決して悪い話じゃない。十蔵って男は、実に面倒見のいい男だ。金が裏切らないように、十蔵も裏切らない。この世知辛い世の中で、俺はあんないい人間は知らぬな」

頭の中で、少しばかり算盤《そろばん》を弾《はじ》いたお菊は、会ってみるだけならいいかと思った。


日を改めて――。

お菊が伊藤に連れて来られたのは、両国橋《りょうごくばし》西詰めにある大きな料亭だった。後《のち》の『八百善《やおぜん》』や『平清《ひらせい》』のような名店ではないが、がらんとした座敷に三人だけというのは、なんとも落ち着かない気分だった。

上座の高膳《たかぜん》の前の十蔵は、小柄だが狸腹《たぬきばら》のむさ苦しい感じの中年男で、蜂《はち》に刺されたように瞼《まぶた》が腫《は》れていた。

なんとも醜《みにく》い顔だと、お菊は思っていたが、それより気になったのは、刺身をくちゃくちゃと音を立てて噛み、椀物《わんもの》をじゅるじゅると啜《すす》る食べ方だった。下品を通り越して、嫌悪感《けんおかん》すら抱《いだ》かせるものだった。

「食わんのかね」

十蔵が目を向けると、お菊はまともに見返すことができなかった。腫れぼったい瞼のせいもあるが、充血《じゅうけつ》した目の奥の鈍《にぶ》い光にぞっとしたからである。

「毒なんぞ、入ってないがね。ふひひ」

「近頃は下っ腹が出てきたので、余分な食事は控《ひか》えているんです。あなたのご用件を伺《うかが》いましょう」

「そんなに焦《あせ》らずとも夜は長い」

「一晩、お付き合いする気はありません」

「なかなか気丈《きじょう》なお嬢様だ」

「年増《としま》を相手にからかってるのですか。用件がないのでしたら、失礼いたします」

少し険悪《けんあく》な言い草になるお菊を、傍《かたわ》らで見ていた伊藤は咳払《せきばら》いをして、

「いいから黙って聞け」

と恫喝《どうかつ》するように言った。それを、十蔵はすぐさま制して、

「こんな綺麗な女性《にょしょう》を脅《おど》しちゃならん。美しい女はいい。それだけで、生きている値打《ねう》ちがある……でも、俺と同じ匂いがする。ふむ、金しか信用せぬという匂いだ」

「………」

「そんな恐い目で見るな。では、単刀直入に言おう。俺も廻りくどいのは嫌いでな」

十蔵は高膳を横にやると、火鉢を引き寄せ、煙管《きせる》に火を付けた。美味《うま》そうに一吹きさせると、煙がゆらりと漂《ただよ》って、お菊の眼前で大きな輪となった。苦い匂いを迷惑そうに振り払って、

「なんでしょうか」

「あんた、生まれは何処《どこ》かね」

「上州《じょうしゅう》の片田舎ですが」

「いい所かね」

「思い出したくもありません。廻りくどいのは嫌いと言いながら、何なんです？」

「江戸には身売りされて来たそうだが、俺も女なら、そうなってたくらい貧乏だった」

「…………」

「こんな俺にも、女房と娘がいたが、ふたりとも流行病《はやりやまい》で死んでしまった……莫大《ばくだい》な金をかけたがね、命は助けることができなんだ……命だけは金では解決できんときもあるんだ。それだけは肝《きも》に銘《めい》じておくがいい」

「――何が言いたいので？　説教は子供の頃から嫌いなんですが」

お菊がふて腐《くさ》れたように言っても、十蔵は淡々とした顔で煙管を吹かしながら、

「深川八幡宮《ふかがわはちまんぐう》の境内《けいだい》で、勧進《かんじん》と銘打《めいう》った宮地《みやち》芝居をかけてた『月村雪之丞《つきむらゆきのじょう》一座』という旅芸人、知ってるか」

「旅芸人……」

ほんの一瞬、遠い目になったが、お菊は首を振って、

「お芝居など、綺麗事にはとんと縁がありませんでね」

「その座長の雪之丞に、俺の女が入れ上げて、一緒に旅に出るなんぞ言い出した」

「あ、そうですか」

「つい半月前まで、この店の女将《おかみ》をやらせていた女だ」

「え……」

「そいつに請《こ》われて、この座敷で宴会を開いてやったのが情《なさ》けが仇《あだ》……惚《ほ》れ惚れられの仲になってしまって、トンズラこきやがったんだ。次は金町《かなまち》の葛西《かさい》神社らしいが、その雪之丞から、手切れ金として千両、取ってきて貰いたい」

「千両――!?」

お菊は目を丸くして、十歳の不敵ではあるが、ほんのわずかだが寂《さび》しそうな目になるのを、じっと見つめ返していた。

四

どうして、こんなことになったのか――お菊は、自分でも気持ちに整理がつかないまま、葛西神社に向かっていた。

元暦年間《げんりゃく》というから平安時代《へいあん》に、香取神宮《かとり》からの分霊によって建立《こんりゅう》された神社で、徳川家康《とくがわいえやす》も祀《まつ》られている。この神社において、古くから行われていた神事《しんじ》の人形芝居を見た徳川家康が、御朱印《ごしゅいん》を贈ったのが縁とされる。

千住宿《せんじゅ》から新宿《にい》を経《へ》て、金町宿の旅籠《はたご》に泊まっていた『月村雪之丞一座』の者たちを、お菊が訪ねると、座員は十数人で、座長以外は相部屋で過ごしていていた。旅芸人は決して、裕福《ゆうふく》ではないのだ。

「――およねさん……って方、いらっしゃいますかねえ」

決して派手な着物ではないが、お菊の姿を見て、男の座員たちは羨望《せんぼう》の溜息をついた。あまりの美しさに凍《こお》りつく者もいた。

「およねさんなら、座長の部屋だと思うが、あんた、誰だね」

「大事なお友だちさね」

振り向いただけで匂い立つような仕草《しぐさ》だった。

二階の奥の部屋が、座長の泊まる部屋だと聞いて、仲居に案内も頼まず、ズケズケと押し入った。そこには、座長の雪之丞とおよねが、窓辺で寄り添うように座っていた。

湯浴《ゆあ》みをして旅の疲れでも落としたのか、さっぱりした匂いがする。酒をちびりちびりやっており、およねという女の顔は少しばかり火照《ほて》っている。

およねの顔は十人並みだが、お菊には失いかけている瑞々《みずみず》しさがあり、肌の張りも、若いわりには色香《いろか》もあった。

「誰だい。いきなり、無礼じゃないか」

朗々《ろうろう》たる声で、雪之丞が鋭く睨《にら》み上げた。優男《やさおとこ》風でありながら、筋が一本通っている、なかなかのいい男である。あんな子狸みたいな間夫《まぶ》など捨てて、駆け落ちしたい女の気持ちはよく分かる。

「さすがは人気の立役者、いい声をしてますねえ。ヨヨッ。大向こうから、雪之丞！っとかけたくなりますねえ」

「なんだね」

雪之丞は少し冷たい声になって、

「芝居なら、明日、すぐそこの葛西神社でやるから、そこへ来なせえ。古来《こらい》よりある人形芝居もやる。浄瑠璃《じょうるり》語りは私がやるから、それも楽しんでいくがよろしい」

「いえ、実は芝居なんぞ一度も見たことがないんで、はい。興味もありません」

「失礼でしょう。何を考えてるんですか」

今度は、およねの方が文句を言った。

「その言葉、あなたに返しますよ、およねさん」

「え……？」

「私は、あなたに何の怨《うら》みもありませんがね、頼まれた以上は、きちんと話をさせて貰います。いいですか？」

お菊は真顔になって、着物の膝を揃《そろ》えて正座した。驚くふたりが何か言おうとするのを、ビシッと抑えるような毅然《きぜん》とした態度で、

「阿修羅の十蔵さんの使いで参りました」

と挨拶《あいさつ》をした。

その一言で、雪之丞とおよねは、凝然《ぎょうぜん》となった。

「──私を連れ戻そうたって……それは、無理な話ですよ」

「その気なら、腕っ節の強い若い衆でも寄越《よこ》すんじゃありませんかね。十蔵さんは、

雪之丞さん……あなたに、およねさんとの手切れ金を払って欲しい。そう言ってます」

「手切れ金……？」

「人の女を横取りしたんですから、それくらいの覚悟はあるんでしょ。およねはくれてやるから、このとおり……」

お菊はふたりの前に文を差し出して、

「借用書です。しめて、千両」

「ええ？」

雪之丞は思わず声を上げたが、お菊は当然のように続けた。

「およねさんのためにかかった金だよ。実際は倍ほど使ってるらしいけど、自分も楽しんだのだから、折半《せっぱん》ってとこですね。ここに、雪之丞さんの名を書いて、押印してくれますかねえ。血判《けっぱん》でもいいですよ」

「ふざけないで下さい」

およねが腰を浮かせて、借用書をパンと叩いて、

「こんなもの、何の意味もありません。私は、あの男に感謝されこそすれ、金なんか払う謂《いわ》れはありません。十蔵の妻でも何でもないんですからね」

「でも、あんな大層《たいそう》なお店を持たせて貰った……」

「勝手にくれただけですよ。でも、もういらない。他の女にでも、やらせりゃいい」

「あなたにだからこそ、無理をして持たせたんじゃないですか」

「無理なんかしてませんよ」

「ちょいと……お金は蛆《うじ》のように湧《わ》いてくるもんじゃないんだよ。十蔵さんだって、苦労して稼いだ金なんだ。あんたのために出したんじゃないのかい、こうして自分勝手に逃げたんだから、責任を取りなさいな」

お菊が少し蓮っ葉に言うと、雪之丞がおよねを庇《かば》うように立ち上がって、

「俺もこんなものは認めませんよ。千両だなどと、バカも休み休み言いなさい」

「何も、すぐに千両出せなんて無茶は言ってませんよ、十蔵さんは。一生かけて払うって覚悟はないのかえ、雪之丞さん。惚れた女のためじゃないか。それとも、人の女をただで持ち逃げするほど、了見《りょうけん》の狭い男なんですか、あなたは」

「それ以上、言うと、脅しになるよ。まだ四の五の言うのなら、宿場役人を呼びます」

「どうぞ、お呼び下さい。あなたの男が廃《すた》るだけです」

毅然と雪之丞を見上げて、お菊は言った。

「阿修羅の十蔵さんは、深川女郎だったおよねさんに一目惚《ひとめぼ》れして、即金で身請《みう》けした。これは夫婦でないにしても、旦那と囲い女の関わりだってことじゃないさ」

「……………」

「命は金では買えない。十蔵さん、いつも、そう言ってなかったかえ？」

お菊は、およねに目を移して、

「女房子供に千両、二千両の金をかけても、病から助からなかった……だからこそ、あなたにはできるだけのことをしたいって、頑張ったんじゃないのかい」

「違いますよ」

およねは鼻で笑って、

「あの人にとっちゃ、千両なんて端金《はしたがね》。でも、こんなふうに私たちに借金をさせて、苦しめようって魂胆《こんたん》なんです。三年も一緒に暮らしたんだ。あの男の性根《しょうね》は、よく分かってます。あいつが信じているのは金だけ。人を人なんて、思っちゃいない。命を大切だなんて思っちゃいない。その証拠に、ほらッ、千両払えば許してやるって、こうして脅してきてるじゃないか……」

立て板に水で喋ったが、最後の方は、悔《くや》しさが蘇《よみがえ》ったのか、感極まって泣き声になってきた。よほど人に言えぬ苦労をしてきた女だろうと、お菊は思ったが、まったく同情はしなかった。自分も似たような境遇《きょうぐう》だったが、人の情けに縋《すが》ることなどしなかったからだ。

「——私と……雪之丞さんは……幼馴染《おさななじ》みなんだ……」

およねは涙を拭《ぬぐ》いながら、そう付け加えて、お菊を見た。

「幼馴染み……？」

「越後の同じ村で生まれ育ったんだ。雪深い所で、ろくに作物も採《と》れず、食い扶持減らしのために、子供たちは人買いに売られることもあった……私はそれから女衒《ぜげん》に渡されて、色々な遊郭《ゆうかく》を転々とさせられた」

「…………」

「雪之丞は……ほんとは松吉《まつきち》というんだけれど……旅芸人一座に連れて行かれた……いつか、必ず迎えに来るからって、松吉は約束してくれた……でも、そんなのは夢のまた夢……私は色々な男に……その挙《あ》げ句《く》、十蔵に買われたようなもんなんだ。帰る故郷《ふるさと》もなく、そうするしか、なかったんだ」

「私も似たようなもんさね……」

お菊が見つめると、およねは意外な目になって、しばらく黙っていたが、

「でも……まさか、月村雪之丞という旅芸人になってるとは思いもせず……たまたま、

富岡八幡宮で芝居を打っているのを観て……思わず、贔屓筋《ひいきすじ》に頼んで、私の店に呼んだんだよ」

「涙の再会……ってわけかい」

「松吉も、こうして覚えててくれた……一緒に暮らそうっていってくれた……」

「だったら、その話をきちんとして、江戸を離れればよかったじゃないか」

「許してくれるわけがない」

およねは苦しそうに胸を押さえて、目を細め、

「十蔵は私に異常なくらい執心《しゅうしん》してるんだ……だから、下手をしたら、雪之丞さんが殺される……だから、私……」

「逃げるしかないと？　でも、殺す気なら、居場所を知ってるんだから、とうに殺《や》ってるはずだよ。あんたたちに地獄の苦しみを味わわせたいのは確からしいがね」

「じゃ、どうすれば……」

「知らないよう。この話をまとめて帰らなきゃ、こっちの命が危ない」

「…………」

「どうでも、この借用書に名を記さないってのなら、私もトンズラを決め込む。十蔵は、伊藤っていう同心を飼い犬にしてるようだからね。ややこしくなったら、殺しも

いとわないんだろう、多分」

十蔵の怖さは、およねもよく知っているのであろう。ぶるっと震《ふる》えつつ、

「松吉……」

と、しがみついた。雪之丞はひしと抱き寄せて、お菊を見やった。

「――明日の興行が終わるまで、待ってくれませんか」

「逃げても無駄だよ」

「そうじゃありません……この地には、私を贔屓にしてくれているお大尽《だいじん》がいます。あした観に来てくれることになってます。それからでも、いいでしょ？」

「どのみち、早く決めた方がいい。私の見たところ、十蔵は気が短い」

そのとおりだと、およねは頷《うなず》いた。だが、雪之丞は土下座をして頼んだ。明日まで待って欲しいと。千両を借りるなら、その人から借りた方がよいからと、必死に訴えた。

「しょうがないねえ……」

お菊は珍しく相手の言い分を飲んだのは、体を売ってきたおよねに少しばかり同情したのと、雪之丞が旅芸人だったからである。

五

翌日の葛西神社での興業は、大入りであった。

出し物は、近松《ちかまつ》の『梅川忠兵衛《うめがわちゅうべえ》』であったが、心中物が禁止されている時世《じせい》ではないので、やんやの拍手喝采《はくしゅかっさい》だった。

簡素な舞台を設営しての芝居だから、廻り舞台などの大仕掛けはもとより、セリやスッポンもないが、その分、役者たちが名演技を披露《ひろう》して、露天で筵桟敷《むしろさじき》の客でも、引きつけられるように観ていた。

飛脚問屋《ひきゃくどんや》「亀屋《かめや》」の場、新町の妓楼《ころう》「越後屋《えちごや》」の場、忠兵衛と梅川の道行《みちゆき》である「相合駕籠《あいあいかご》」、そして、名場面「新口村の場《にのくちむら》」などが、歌舞伎とは違って分かりやすく展開された。最後に、梅川が、忠兵衛の父親に、嫁の気持ちを切々と訴える泣かせ場では、我が子を思う父親の心情とあいまって、客の涙をそそる。そして、大団円の大捕物では、雪之丞の華麗な殺陣《たて》が客を虜《とりこ》にしていた。

歓声の渦《うず》の中で、幕が引かれたが、その後も、舞踊と歌が披露《ひろう》され、雪之丞が女形《おやま》となって舞い踊るのが定番だった。おひねりは、そのときポンポンと飛んできて、興行の最高潮となるのである。

終演後、楽屋代わりにしている神社の社務所で、化粧を落とし、衣装を着替えた雪之丞を、およねは妻のように甲斐甲斐しく面倒を見ていた。芝居の中の梅川のような所作《しょさ》で、愛《いと》おしんでいた。

「お疲れ様でした、雪之丞……富岡八幡宮のときよりも熱が入っていた気がします」

「お客さんのお陰だよ。それに、おまえが居てくれて、安心して演じられた」

雪之丞が優しい目で言うと、およねは、はにかんだように俯いた。

楽屋の片隅《かたすみ》で眺《なが》めていたお菊は、ままごとみたいだと鼻で笑っていた。逃げ出さないように見張りを兼ねながら、芝居というものを初めて観たが、何がいいのかサッパリ分からなかった。

「どうです、お菊さん……面白かったでしょう？」

実に楽しそうに、およねが声をかけてきたが、お菊は首を振って、

「全然……そもそも嘘話じゃないか。なんで、そんなものに涙するのか分からないね。自分の身の上の方が可哀想《かわいそう》過ぎてさ」

「芝居の人物と自分を重《かさ》ねて、情けを感じるんじゃないのかしら」

「そうかねえ。だって、忠兵衛ってのは、〝封印切り〟だか何だか知らないが、大事

な店の金を盗んでまで遊女を身請けした挙げ句、逃げただけの話じゃないか」

「そうせざるを得ないのが、切ないじゃないんですか」

「今のあんたたちの心情ってわけかい。でもね、忠兵衛はもう少し我慢すべきだし、梅川って遊女も大人しく、お大尽に身請けされて、忠兵衛の罪を止めるべきだったと思うがねえ。あたしゃ、頭はよかないが、ああいう分別《ふんべつ》のない人間が嫌いなんだよ、結局、追っ手に摑まって終《しま》いだなんて、バカじゃないのかい、ほんと」

「あなたには何を言っても無駄のようですね。芝居の良さを話しても……」

「そんなことより、雪之丞の贔屓ってお大尽は来ないのかい。芝居の中の淡路《あわじ》のお大尽だって、あたしから見たら、決して憎めない奴だけどねえ」

お菊が皮肉っぽく言ったとき、手土産《てみやげ》を下げて、ぶらりと入って来たのは――誰であろう、紋三であった。よそ行きの羽織をまとって、結び紐《ひも》のぼんぼりもお洒落《しゃれ》なものをつけている。

「おや……」

紋三の方が先に気づいて、お菊に目配せをした。

「へえ、これは奇遇だ。お菊、おまえも雪之丞の贔屓だったのか」

「もしかして、あなたが、お大尽？」

　大店の金持ちでありながら、岡っ引の真似事をする道楽者もいるという。お菊は、アッという顔になって、

「門前仲町の紋三親分といや、江戸中の岡っ引の元締め……私ら、岡っ引といや、同心から小銭を貰って、小間使いをしてるもんだと思ったけど、元々、大金持ちもいると聞いたことがある……そうか、だから、『雉屋』からポンと大金まで出させて……本当はお大尽なんだね」

「ってほどじゃないがな。雪之丞の才覚《さいかく》には前々から惚《ほ》れてたんだよ。なに、そんなに芝居好きってわけじゃないが、前に囲ってた色がはまっててね」

　と小指を立てて、紋三は憎めない愛嬌《あいきょう》で笑った。透《す》かさず、お菊は近づいて、わざと甘えるような仕草で、

「そうだったんですか……だったら、話が早いや、紋三親分」

「ん？」

「このふたりの借金、肩代わりしてくれませんかね。千両ピッタリ。碁敵のために二百両を惜しげもなく出したんだ。贔屓の役者さんのためにも、ほらポンとね。まさしく千両役者だ」

　紋三は言っている意味が分からぬと困惑《こんわく》したが、雪之丞は別室に招いて、お菊も交

えてじっくりと話した。阿修羅の十蔵の名を聞いても、紋三は静かに聞いていた。ふつうなら、

——関わると厄介《やっかい》だ。

と思うだろう。しかし、紋三は、お菊と雪之丞の話をじっくりと聞いた。

実は、雪之丞が江戸市中や関八州《かんはっしゅう》の色々な神社仏閣のある境内で、宮地芝居を繰り広げているのは、〝うだつ屋〟である智右衛門が企《くわだ》てた勧進のためなのである。

むろん、後ろ盾には、奏者番《そうしゃばん》兼寺社奉行の土屋采女正《つちやうねめのしょう》がいる。

近頃は、天災に不景気が重なって、信心深い者でも布施《ふせ》を渋るようになった。中には、神仏に祈っても、現世《げんせ》利益は何もないという悲嘆から、賽銭《さいせん》を盗む輩まで増えた。

そうした事態を打開《だかい》するには、地元ならでは祭りや祝い事をするしかない。しかし、祭りは大概《たいがい》、年に一度だし、春祭り、秋祭りの両方をしても、町や村からの持ち出しが多くて、人々が潤うわけではない。そこで、智右衛門が考えたのが、

——芝居興行。

だったのである。今で言えば、伝統芸能による〝地域活性化〟というところであろうが、当時は、芝居というのが唯一《ゆいいつ》の娯楽である。しかも、江戸や大坂、京でしか観られない歌舞伎には縁がない。ゆえに、農村歌舞伎や村の人形浄瑠璃などを、百姓た

ちが自《みず》ら演《か》じて、楽しんでいた。それらは、概《おおむ》ね神事と重ねていた。

しかし、より上手で、より美しい洗練された芝居を観たいのは、今も昔も変わらない。ゆえに、智右衛門は諸国を廻っている人気の旅芸人一座を江戸に呼び集め、一挙《いっきょ》に上演などをしたことがある。

江戸市中では、女が芝居をすることを禁じられているから、女役者の一座などは、江戸四宿で勧進興行をして、客を集めたのだ。そこで評判を呼ぶと、江戸から少しばかり離れた東海道《とうかいどう》や中山道《なかせんどう》、日光《にっこう》街道などにも、物見遊山《ものみゆさん》を兼ねて、人気役者目当てに芝居見物をしに行くことになる。

歌舞伎は、幕府から官許の印の櫓《やぐら》を屋根の上に掲《かか》げての興行ゆえ、けっこう金がかかる。だが、寺社の建立《こんりゅう》や修繕、あるいは貧しい人や病の人を救う名目《めいもく》で行う勧進興行は、安価で観ることができるから、大勢の人々がどっと押し寄せてくるのだ。

人を集めることが、地元にとっては大切なことなので、人気旅役者を呼ぶことは、祭りのような効果があったのである。

「お菊……訳はどうであれ、千両立て替えろとは、無茶苦茶なことを言うな」

紋三がキッパリと断ると、お菊は俄に欲深い顔になって、

「だって、親分さん。早い話が、十蔵は千両で手切れすると言ってるわけですから、

これで綺麗サッパリと別れれば、ふたりは晴れて好きな所へ行けるんです。今の芝居のように、こそこそ隠れることはないわけですよ」

「………」

「人助けと思って、ねえ、親分さん……」

哀願《あいがん》するように言うお菊に、紋三はしみじみと感じ入るように言った。

「おまえさんは金で苦労したようだが、どうして十蔵なんぞの使いをしてるんだい」

「え？」

「取り立てれば、幾らになる」

「別に私は……」

お菊は少し困惑したような目になって、

「自分の商売をしやすくしたいだけさね。後ろ盾に阿修羅の十蔵がいたら、私のことを女だと思ってバカにする奴らも、すんなり金を払うと思ってね」

「それは考え違いだな……地獄の底に落ちるまで、十蔵につきまとわれるだけだ」

紋三は真顔で言った。

「また説教ですか。あなたに頼んだのが間違いだった……さ、雪之丞。どうします？あてにしてたお大尽も、ご覧のとおり尻込みしてる。この借用書を承知してくれないのならば、仕方がありません。私も子供の使いじゃありませんから、それなりのことはさせて貰いますよ」

社務所の表には、子分の鮫次郎と寅吉がうろうろしている。ちらりと目配せをして、お菊は立ち上がった。強引に、およねを連れ帰るつもりであろう。

「待ちな」

紋三が止めに入って、

「おまえには、人の情けというものがないのか。自分ひとりで、生きてきたつもりなのかい。今の芝居でも、旅籠の女将が、昔、世話になったというだけで、こっそりとふたりを逃がす場があったが、人の恩を感じて生きてこそ、人間じゃないのか」

と説得するように言った。だが、お菊としては、約定《やくじょう》をして帰らないと、すでに手付金として五十両を受け取った手前、大人しく引き下がることはできない。

しかし、お菊は俄に淋しげな目になると、ぽつりと語るように、

「私だってね、恩義《おんぎ》を忘れるほど腐《くさ》っちゃいませんよ。散々、人に裏切られてきたから、気をつけてるまでですさ」

「だったら……」

「ついでに、聞いて下さいな……私が身売りされて、しばらくして、廓から逃げたこ

とがある……たまさか、通りかかった旅芸人一座に拾われたんだ。道中手形がなくても、関所を通れるからねえ、追っ手から匿《かくま》ってくれた」

「……」

「一座の名も覚えちゃいないが……ドサ芝居はなんとなく覚えてるよ。だから、十蔵から話を聞いたとき、ちょいと思ったのさ……うまいこと逃がしてやりたいってね。だから、千両の約定書を持ち帰って、時々、私が取り立ててくるようにする。この方法を考えたのは、私なんだよ」

「そうだったんですか……」

雪之丞が意外な目を、お菊に向けた。

「だから、こっちの身にもなってくれって話ですよ」

しばらく、黙っていたおよねは、自分のために迷惑をかけたと、素直に頭を下げた。だが、十蔵の所に戻る気持ちはない。幼馴染みの雪之丞と添《そ》い遂《と》げたいと切《せつ》に願っている。

「ならば……」

と紋三が身を乗り出して、

「この際、雪之丞に死んで貰うしかないな」

「えっ……!?」

何を言い出すのだと目を丸くするお菊に、紋三は、相手の心を剔《えぐ》るように、

「おまえも、阿修羅の十蔵なんて男に関わった限りには、覚悟をするんだねえ」

とギョロリと睨みつけた。

まるで、芝居の見得を切るような仕草だった。

六

柳橋《やなぎばし》の馴染みの二階の一室から、船着場を眺めながら、智右衛門は、番頭の和兵衛が仕入れてきた話を聞いていた。

智右衛門は、紀州藩の材木を一手に請け負うことになっている。伐採から筏組み、そこから新しい船番所を経《へ》て、紀州の湊から江戸に運ぶ手筈《てはず》も整《ととの》えていた。

それは、紀州の材木問屋や廻船問屋が担《にな》っているのだが、江戸の材木問屋の背後には、以前から阿修羅の十蔵がいることが厄介だった。

いわば智右衛門と阿修羅の十蔵とは、〝再建屋〟という意味では、商売敵《がたき》である。

当然、十蔵は、智右衛門の動向を窺《うかが》っていたはずである。紀州からの材木を一手に

引き受けたことを知り、いずれ老中首座の内藤紀州守の施策《しさく》による値上げについても、承知していたはずだ。智右衛門としては、不覚であった。

「旦那様……私が思うにですね、十蔵という男は、材木問屋肝煎《きもい》りの『辰巳屋《たつみや》』勝左《かつざ》衛門《えもん》と、これまでもずっと組んでいた節《ふし》があります。昔から知り合いだったという噂も」

「噂、か……」

「でも、単なる噂ではありませんよ。このとおり」

と和兵衛は、帳簿《ちょうぼ》を差し出した。

十蔵が関わっている材木問屋『辰巳屋』から借りてきたという。智右衛門に店の〝財務状況〟を見て貰いたいというのが、表向きの理由だった。

「ほう……これは……」

江戸時代の帳簿は近江《おうみ》商人がそうであるように、今で言えば「貸借対照表」と「損益計算書」がきちんと整えられている。智右衛門がさっと見たところでは、『辰巳屋』は健全な運用をしていたのだが、やはり勝左衛門によって、

——値崩《ねくず》れする材木を承知の上で、大量に仕入れさせた。

というのが、先行きが危《あや》うくなった原因であろうと思われた。

「なるほど、勝左衛門は、売り逃げをしただけだったのだな。十蔵の知恵で」

「旦那様ともあろう人が、見抜けなかったんですねえ、悪巧みを」

和兵衛は何がおかしいのか、ふふっと笑った。真面目な話をするときほど、表情を緩《ゆる》めるのが、この男の良くない癖である。

「公儀普請による値上げばかりに気を取られ、売り逃げは思いつかなかったがな……」

「だから、言ったでしょ……根っから悪い奴らだからですよ」

当然のように和兵衛は言った。

「勝左衛門と十蔵は、古くからの仲間。同じ釜の飯を食っていたんです」

「同じ釜の飯……？」

「驚いたでしょ」

屈託《くったく》のない笑みで、和兵衛はまるで物見遊山の土産話《みやげ》でもしているように、実に楽しそうに続けた。

「考えてもみて下さいな。勝左衛門は、元々、『遠州屋《えんしゅうや》』だの『美濃屋《みのや》』だの『木曾屋《きそや》』を渡り歩いて、手代として働いてた。そして、最後は『辰巳屋』の問屋株を買い取って、成り上がった人ですよ」

「今時、成り上がりは多いからな、別に不思議なことではない。この私だって、ただの金貸しや帳簿の相談役から始めたんだからね」

「旦那様とは話が違います。すでにある大店や札差を、乗っ取ったんですから」

智右衛門とて、大店を〝買収〟して転売などもしているから、それ自体が悪いというわけではない。

「でもね、人殺しをしちゃいけないよねえ、旦那様……」

「どういう意味だ」

「あくまでも噂ですよ。今、紋三親分が裏を取ってますがね、きっと勝左衛門も地金《じがね》が出てくると思う。十蔵はどうか分からないけれど、弱みがあります」

「弱み……？」

「ええ。惚れた女への未練……てところでしょうか」

和兵衛はシカと頷いた。

「やけに自信がありそうじゃないか」

「だって……『遠州屋』の先代が旅先で急に亡くなったのは変だし、『美濃屋』だって同じようなもの。しかも、ふたりして、阿修羅の十蔵とは、頻繁《ひんぱん》に会ってたようだから、何か裏があるんですよ」

「ふむ……」

「もちろん、そのふたりだけじゃない。十蔵の周《まわ》りには、そういう連中がうようよいるようだから、プンプン臭うでしょ？」

智右衛門としては、悪い噂だけで事の善悪《ぜんあく》を決めるわけにはいかない。が、内藤紀州守に訴え状まで出して、棄捐令に対し脅迫紛《きょうはくまが》いのことまでしてくるのは、他に何か大きな意図《いと》があるに違いない。そう察していた智右衛門は、

――いつかは十蔵と対決しなければならぬ。

という予感だけはしていた。

「十蔵の昔のことも、ちょいと調べてみなきゃならなそうだな」

「正体がはっきりしないんでね。まるで、盗人の頭目《とうもく》みたいに、住んでる所も幾つかあるそうですが、忍び込んでみましょうか」

「いや。いくら元公儀役人のおまえでも、そこまで、危ない目に遭わせるわけにはいきませんよ……餅は餅屋に」

「紋三親分のことですか……」

「うむ」

「だったら、すでに動いてます……というより、紋三親分の方から仕掛けていると言

ってもいいでしょうな」

和兵衛の言い草に、何か嫌な予感がしたのか、智右衛門は黙って見つめ返した。

八丁堀同心の組屋敷は、広さが百坪くらいが相場である。これが与力になると三百坪だ。独り者には広いので、医者や楽隠居などに間借りをさせていることもある。

南町奉行所本所廻り方同心・伊藤洋三郎は女房子供を持ったことがないから、屋敷内はがらんとしていて、庭も手入れがされていないので、夏は草でぼうぼうだが、冬が近くなると枯れ葉も朽《く》ち果てて、まるで幽霊屋敷であった。しかも、本所の方へ出払ったままだと、尚更《なおさら》、酷《ひど》い状態になる。

そうならないように、建物や庭の手入れを頼むために間借りさせることもあったが、伊藤は無精《ぶしょう》なのか、荒れ果てていても気にしていない様子だった。

「空《あ》き家《や》かと思いやしたぜ……もう少し、どうにかできるんじゃありやせんか？」

縁側に座っていた伊藤は、顔が引き攣《つ》るほど驚いた。

目の前に現れたのは——桶師鬼三郎《おけしきさぶろう》だったからだ。『桶師』とは、悪事を働いた者を、人知れず棺桶《かんおけ》に閉じこめて葬《ほおむ》るか、その悪事を暴《あば》く闇の処刑人のことである。

伊藤はその存在をはっきり認識してたわけではないが、湯島の長屋で桶屋を営んでいる鬼三郎が、その手の人種であることを耳にしていた。そして、紋三とも密《ひそ》かに繋がっていることも、薄々と感じていたのである。

訪ねてきて早々、伊藤に向かって皮肉っぽく言った。

「いつも忙しいから、手入れなんぞしてる暇《ひま》はございやせんよねえ」

「たしか、おまえは……」

「へえ。紋三親分にお世話になってる湯島の桶屋、鬼三郎というものです」

「桶屋なんぞに用はない……人の住まいを笑いにきたのか」

「庭なんざ手入れすりゃ済む話ですが、心の中が荒れてしまっては、なかなか元に戻すのは大変でございやすよ」

「ん……？」

「正直に話して下さりゃ、旦那のことは紋三親分に申し上げません。あっしの胸に留めておきやす」

「――何の話だ」

実は、町人でありながら、かつては忍びだったと思われる隙《すき》のない鬼三郎の物腰を、新陰流を極めている伊藤は見抜いたのであろう。あるいは、鬼三郎という男には、危うい匂いを以前から感じていたのかもしれぬ。

——寄らば斬る。

とばかりに、伊藤はいつになく鋭い目を返していた。

「用件なら、奉行所でも番屋でも参るがよい。ここは、俺のねぐらなのでな」

伊藤はそう答えたが、鬼三郎の内心を探《さぐ》っているようであった。

「近頃は、江戸に浪人が増えたけれど、〃人返し令〃の煽《あお》りを食って、何処にも行くあてのない浪人が増えやした」

「それが、なんだ……」

「間借りをしたがる浪人も多いでしょうが、旦那は貸さないのですか」

「知らぬ者を屋敷に入れたくはないだけだ……狙いは何だ」

底光りする目で、伊藤は鬼三郎を睨みつけた。どういう気性で何を考えているのか、分かっている相手ではない。伊藤には、鬼三郎の腹の底を読めずにいた。

「……おまえは本当は何者なんだ……ただの桶屋ではあるまい。血の臭《にお》いがする、とは言わないが、俺の知っている闇の支配者とさして変わらぬ、薄汚い臭いがする」

「そこまでおっしゃるなら話が早い。あっしも桶師稼業が長いですからね、裏渡世《うらとせい》を嫌になるほど見てきやした……人に言えないことのひとつやふたつはありやす」

「………」

「〝ぶつくさ〟の旦那にも、あるでやしょ」

「──もしかして……阿修羅の十蔵のことかい」

鬼三郎のことだから、最も知られたくないことを摑んだに違いない、と伊藤は察知したのである。

「そこまで言われると、こっちも率直に話しやすい。ちょいとお邪魔致しやす」

謙《へりくだ》ってはいるが、落ち着き払った迫力で、鬼三郎は上がり込んだ。

町方同心は三十俵二人扶持《ぶち》の侘《わ》びしい暮らしだと言われているが、町人や浪人から考えると贅沢の極みである。もっとも、その仕事の量から言えば、必ずしも恵まれているとは言えないが、今日食う米にも窮している人間がいると思えば、幸せであろう。

「なるほど……殺風景な暮らしだな……それでも、雨露が凌《しの》げて、決まった俸禄《ほうろく》が貰えるのだから、俺のような風来坊《ふうらいぼう》から見たら、羨《うらや》ましい限りだ」

「嘘をつくな。おまえこそ、贅沢な暮らしをしているだろう。肌の血色はいいし、髪も艶々《つやつや》していて、よい鬢《びん》付け油を使っている。わざと木綿《もめん》の古着を着て、野袴《のばかま》をはいているが、いつもは絹をまとっているであろう。なに、毎日、木綿を着ている奴は、独特の匂いがあるんだよ。それに、帯の締め方はいかにも、よい帯でないとできない締め方だし、野袴も寸法が合っておらぬ」

「へえ……さすがは腕利きの熟練《じゅくれん》同心だ。その眼力がありながら、どれだけ罪を見逃してきたんだい？」

「なんだと……」

さらに、伊藤の目つきが鋭くなった。その顔つきを見た鬼三郎は、疚《やま》しいことがあるなと直観《ちょっかん》し、強く言った。

「いくら金のためとはいえ、十手捕り縄を預かってる町方役人が、悪さを見逃すって法はないだろう。しかも、こそ泥の類ではない。殺しを放置するのは、いかにもまずいんじゃありやせんか？」

「何を言い出すかと思えば……」

伊藤は呆《あき》れ果てた顔になったが、構わず鬼三郎は続けた。

「こっちはネタが上がってるんだ。『遠州屋』や『美濃屋』の主人とも関わりがある。もう分かるでやしょ……阿修羅の十蔵と、旦那との深い仲ですよ」

「………」

「正直に話してくれりゃ、誰にも黙っててやるよ。もちろん紋三にもね」

「信じられんな」

「あっしもね、紋三の堅苦しい正義感には、ほとほと嫌になってるんでやす……その代わり、俺も仲間に入れてくれねえかな」

「仲間……だと？」

「先行きの分からねえ世の中。面白《おもしろ》おかしく生きたいじゃねえか。ああ、旦那が見抜いたとおり、俺はあちこちで、〝糠床屋〟の真似事をして、小銭を得てたんだがな、あんたのような、もっと凄い〝糠床屋〟になりてえんだよ」

「言っている意味が分からぬな」

「惚《とぼ》けても無駄だって……」

鬼三郎は険しい目になったが、あえて声はひそめて、

「旦那は、十蔵が人を殺した疑いで追ってたはずだ……それが、ある時から、やめてしまった。それどころか、庇うようになった。つまり、手を結んだんだ」

「知らぬな」

「十蔵が殺した相手は、関東一円の祭事を扱っていたテキヤの大親分の他、大店の主人や金貸しなど数知れねえ……今は情婦《いろ》だった女に嫉妬《しっと》して、旅芸人まで始末しようとしてる。それだけ言や、なあ……分かるだろう」

肩を怒らせて睨みつける鬼三郎の顔には、嫌らしい笑みが広がっていた。伊藤はしばらく黙っていたが、とうとう自分も焼きが廻ったと感じたのか、

「どうやら、紋三はすべて気づいてるようだな……正直にすべてを話すよ」

と頭《こうべ》を垂れた。

鬼三郎は頷いて、じっと見つめ返した。

七

千住宿の外れに〝縁切り松〟と呼ばれる木がある。この松の皮を剝《は》いで、御守り代わりに持ち帰る者がいるので、木が傷《いた》んでしまったという。

元々は、亭主から別れたい女が、逃げ通せるよう祈願《きがん》するためのものだったが、いつの間にか、色々な悪縁を断つことができると伝説ができてしまったのだ。

その松のすぐ近くに、小さな旅籠があって、一階には農家のような囲炉裏《いろり》があった。江戸市中では、火事になってはならないから、囲炉裏は禁止されている。ゆえに、江戸に住んではいるが、故郷の雰囲気《ふんいき》を味わいたい人々が、泊まりがけで遊びに来るのである。ささやかな庶民の贅沢だが、このような宿には不釣り合いな阿修羅の十蔵が、ひとりで囲炉裏端に座っていた。

自在鉤《じざいかぎ》に鍋が下がっていて、近在の野菜や川魚が味噌《みそ》仕立てで、ぐつぐつ煮込まれ

ている。シャモジで掻《か》き廻しながら、溜息《ためいき》をついていると、

「お連れしやした」

と若い衆が案内してきたのは、お菊であった。

囲炉裏端で、鍋を混ぜている十蔵を不思議そうに見やって、

「本当に色々な所へ来るんですね。両国橋西詰めのあの料亭に行ったら、こちらだと聞いて……そんなに身を隠さなきゃいけない立場なんですか」

「余計なことを言うな」

若い衆が凄むと、十蔵は犬を追っ払うような仕草で、

「いいから、向こうへ行ってろ」

と言ってから、お菊に味噌煮込みを注《つ》いで渡した。

十蔵は自分の生まれ育った村の料理だと自慢をしたが、故郷が何処かは言わなかった。自分にも注いで、この前の料亭のときと同じように、下品にずずっと啜《すす》り、

「ふわあ……うめえもんだろう……なに、この旅籠も俺がやらせてるんだ。女将は俺の昔の女だ。遠慮はいらねえ」

「――そうですか……いただきます……」

とは言ったものの、お菊はろくに喉《のど》に通らなかった。

「で？　話はついたのか」

「それがですね……私も吃驚《びっくり》するようなことが……もしかしたら、伊藤の旦那から、もう耳に入ったのではないかと……」

「いや、知らん。なんだ」

「実は、葛西神社の興行の後に、私は十蔵さんから預かった証文を持って、楽屋まで訪ねました。そして、頼まれたとおり、千両で話をつけるから、一生かかっていいから割賦で払えと申しつけたんですが……」

「が……？」

「何を思ったか、およねさん、そんな思いを雪之丞にさせるくらいなら、いっそ、このまま死んだ方がいい。十蔵のような男に一生、つきまとわれるくらいなら、あなたを殺して、私も死ぬと喚《わめ》いたんです……十蔵のような男って言ったのは、およねさんですよ」

「で？」

「梅川忠兵衛の芝居をしたばっかりだったから、気持ちが昂《たか》ぶっていたんでしょう。その場にあった匕首《あいくち》を手にして、およねさんが雪之丞の胸をぐさりッ――」

「なんだと!?」

　ズズッと啜っていた味噌煮込みを、膝の上にこぼして、十蔵は目を見開いた。瞼が腫れぼったいから、不気味に感じたが、お菊は怯《ひる》まずに続けた。

「芝居が終わって、贔屓筋へ挨拶などもぜんぶ済ませた後のことで、その場には私と雪之丞、およねさんしかいませんでした」

「………」

「このままじゃ、およねさんは人殺しになってしまうし、そしたら十蔵さんの所にも、お上の手が及ぶだろうし、一瞬のうちに色々なことが頭を巡《めぐ》ったんですが……私が狼狽《ろうばい》しているうちに、およねさんもひと思いにと、喉を突いて……！」

「死んだのか……」

「は、はい……あたし、恐くなって、その場から逃げ出しました……後から宿場役人が来て、あれこれ調べ始めたら、あたしが疑われてしまう。だって、あんな証文を持ってたんですもの。しかも、その前日には、署名して判をつけなどと、脅していたのだから、きっと……それに、十蔵さんの所にまで類《るい》が及んではいけないと、あたしゃ必死にこれだけは持ち帰りました」

　震える手で、お菊は証文を十蔵に押しつけるように返して、

「今頃は、どうなってるか知りませんが、あたし……このままトンズラを決め込んで

いいですか……万が一、お上に掴まって何か聞かれても、決して、十蔵さんのことは言いません。あたしが疑われるのが恐いだけなんです」

と哀願するように頼んだ。

膝の上に落とした煮込みを、十蔵はゆっくりと手拭《てぬぐ》いで拾《ひろ》ってから、

「そうかい……そんなことが、な……」

落ち着いた声で言った。

どこかで、ドドン、ドドンと花火が上がった。季節外れの花火の音に、お菊はビクリと腰を浮かせたが、十蔵はしばらく唸《うな》ってから、おっとりした口調《くちょう》で、

「あれは荒川《あらかわ》でやってるんだ……俺が上げさせてるんだ」

と言いながら立ち上がって、障子窓を開けた。

轟音《ごうおん》とともに空に花火が広がり、見事なしだれ柳が、ポンポンと続いて打ち上げられた。窓辺からはっきりは見えないが、事前に知っていた宿場の住人や旅人は大勢、いたのであろう。川辺あたりに陣取って、「玉屋ア!」「鍵屋ア!」と声を上げている人々もいた。

だが、花火師は「玉屋」でも「鍵屋」でもなく、地元の者だった。十蔵が金に物を言わせて、打ち上げさせたのである。

「十蔵の旦那が、やらせたのですか……旦那ひとりが楽しむために……」

お菊が訊くと、十蔵は当然のように、

「俺は見たいときに、見たいんだ。だが、これも芝居と同じでな、芝居を観るより、芝居を観て喜んでいる客の顔を見る方が面白いんだ」

「え……？」

「そうは、思わないかい」

十蔵は窓辺で、振り返って、お菊を見下ろした。

「だって、嘘だぜ、芝居なんざ。なのに、それを見て、笑ったり泣いたり……頭がおかしいんじゃねえかと思うときがある。おまえも、俺の顔を見て、おかしいと思ってるだろう」

意味ありげに言う十蔵の顔を、お菊はまじまじと見ることはできずに、思わず目を逸《そ》らした。その顔を、揺るぎない眼光を浴びせるように凝視して、

「俺はてめえの目で見ないと気が済まない気質《たち》なんだ。人から、どんなに綺麗な景色や花火の話を聞いたところで、実感がないんでな。遠路帰って来た早々だが、無理心中したふたりの所へ案内してくれ」

「え、それは……」

「なに。宿場役人なんざ、鼻薬を嗅《か》がせれば、どうってことはねえよ」

「心配するねえ。おまえを人殺しになんざしないから、安心しな。実際、殺《や》ってないんだから、堂々としてりゃいい」

十蔵はおもむろに、お菊の手を取って、

「目の前は荒川だ……船を使えば、葛西なんざ、すぐに行けらあ」

と強引《ごういん》に行こうと迫《せま》った。

「どうした。嫌なのか」

「だって……今、逃げるように来たばっかりだし……きっと、あたしのことを追いかけてきてる役人もいるはず」

「それこそ、伊藤に任せておけばいいじゃねえか」

「でも……」

「行って、まずいことでもあるのかい」

「そんなことは……ただ、恐いだけさね。目の前で、あんなことが……」

ぶるぶる震《ふる》えるお菊の前に座った十蔵は、その頬《ほお》を撫でた。思わず首を竦《すく》めたお菊の耳元に、十蔵は息を吹きかけて、

「俺を甘く見るんじゃないぞ、女……」

「！……」

「少しばかり器量がいいからって、誰でもトロリとなると思ったら大間違いだ。俺は、おまえみたいな整った美形よりも、およねのような、ちょいと歪《ゆが》んだのが好きなんだよ。しかも、女は顔じゃねえ。あそこだよ」

「……」

「いい〝おぼこ〟をしてねえと、すぐに飽《あ》きちまうんだ。俺が、およねを離したくねえのも、何百人抱いた中でも極上だからだよ。あれを、旅芸人なんかに渡してなるもんか」

明らかに頭がおかしいと、お菊は思ったが、得体の知れない十蔵の怖さと、嘘をついていることの後ろめたさで、自分でも驚くほど身震いしていた。

「人間てのはな、お菊……てめえに抱《かか》えることができねえくらいの大嘘をついたり、思いもよらぬ怖い目に遭ったり、手足を縛られて自由がきかなくなったときは、そういうふうに体がガタガタ震えるんだ。だが、死ぬと分かったときには、案外、すっと気が遠くなって落ち着くんだってよ」

「……」

「俺は何度も死にかけたことがあるから分かるんだが、その瞬間は、お天道様《てんとさま》のような暖かくて明るい光に包まれて、痛くも怖くもないんだ……不思議だろう？」

十蔵はゆっくりと、お菊の頬を逆手でくすぐりながら、

「この話は、およねにもしたことがあるんだが、あいつは異様なほど死ぬのを恐がってた……いや、誰だって死ぬのは怖い。だがな、いくら思い詰めても、相手を殺して自分もなんてタマじゃねえんだ」

「でも、実際に私の目の前で……」

「だから、確かめてくるだけだ。一緒に行くのが嫌だと言うなら、おまえはここで待ってるがいい」

「疑ってるんですか」

「人を信じて、痛い目にあったことは山ほどあるんでな」

「私が嘘をついて何の得があるんです。話し合いに失敗しただけなら、こんな所まで言いに来ませんよ。そうでしょ」

「その勇気だけは認めてやるよ」

「………」

「だが、もし出鱈目《でたらめ》だったら、どういう始末になるか、分かってるな」

十蔵はそう言って、夜のうちに葛西まで行った。

宿泊先では、喪中幕《もちゅうまく》の中で、しめやかに通夜《つや》が営まれており、一座の役者らが、悲痛な顔で泣いていた。

宿場役人は、ふたりが何故死んだか事情を聞いたりしていたが、やはりお菊が姿を消したことを不思議に思っていたようだ。が、お菊の素性《すじょう》は分かっているから、江戸の町奉行所にも使いが出されていた。

――およねは、阿修羅の十蔵の女だったが、雪之丞と一緒に逃げた。

――そのふたりを追って、『池之端弁財堂』のお菊という女が、〝取り立て〟に来ていたが、ふたりが死んでから、いなくなった。

この心中の裏には、十蔵やお菊が関わっているに違いないと、新宿の人々で噂になっているのを聞いて、十蔵は苦々《にがにが》しい思いで奥歯を嚙みしめていた。

明け方、十蔵が千住に舞い戻ったとき、案の定《あんじょう》、お菊は、見張りの目を盗んで逃げていた。それは想定していたことだが、もしお菊が殺した疑いが深まって、自分の所に、奉行所から探索がくると面倒だなと思った。

――旧悪がバレるかもしれない。

と懸念《けねん》したからだ。伊藤がいるものの、不安が高まってきた。自分が撒《ま》いた種とはいえ、今までの苦労が水の泡になるようなことだけには、なってはならない。

十蔵の瞳の奥には、めらめらと不気味な炎が揺らめいていた。

急いで旅支度をし、川船で房州《ぼうしゅう》にでも身を移そうと考えた。朝靄《あさもや》の中を、荒川に面した船着き場から、手下に用意させていた川船に乗り込んだ十蔵は、

「急げ……」

と頬被《ほっかむ》りをした船頭に命じた。

「へえ」

櫓《ろ》を漕《こ》ぎ出したのはいいが、上流は数日、雨続きのせいか水量が多く、波で船は大揺れだった。すると、薦《こも》を被せていた荷が傾いて、ゴロンと転がった。

それは丸い棺桶だった。

あっと驚いた十蔵は、船頭を振り返って、

「おい。これは何の真似だ」

「ひとつじゃ足らないから、着いた所に、そうさねえ……少なくとも十個ばかり用意してますので、ご心配なく」

「どういう意味だ……」

「殺した人の数の棺桶は揃えないとねえ」

「なんだと！」

腰の道中脇差しを摑んだが、船頭はわざと櫓を左右に揺らし、川船を大きく傾かせた。船縁《ふなべり》を摑んで必死に耐える十蔵は、俄に不安な顔になった。

「おやおや。人は殺せても、自分は殺されるのが怖いのですかい」

「てめえッ」

十蔵は道中脇差しを抜いて、船頭に斬りかかった。その切っ先が、頰被りに触れてハラリと落ちた。

現れた顔は——紋三であった。

「もしや、おめえは……」

「門前仲町の紋三っていうケチな野郎でござんす」

「!?——てことは、この棺桶は……!」

「おまえさんもよくご存じの桶師鬼三郎が用立てたものですよ。しかも、おまえさん用にと特別仕立てでやす」

「ふ……ふざけるな！」

「鬼三郎は金で殺しは請け負わぬ。必ず相手がどんな悪事をしてるか調べてから、棺桶に閉じこめて懲《こ》らしめた上で、世間にその悪事を晒すのが仕事だ……おまえさんが頼んでる始末屋とは種類が違うんだよ」

紋三の声を聞きながら、十蔵は脇差しを構え直した。

「商売も同じだ。似たような再建屋でも、〃糠床屋〃のおまえと、〃うだつ屋〃智右衛門とは質も心構えも違う。不都合な奴は殺し、まずくなると逃げるおまえは、下衆《げす》の極まりだな」

「黙って聞いてりゃ、ずけずけと……」

「伊藤の旦那も、お菊も悔《く》い改めて、おまえさんの悪事を話した。後は、お白洲《しらす》で証言をするだけだが、おまえさん、どうする」

「しゃらくせえ！」

もう一度、斬りかかった十蔵だが、紋三はわざと船を揺らし、足を掛けられた十蔵はその勢いのまま、頭から川に突っ込んだ。

「や、やめろ……た、助けてくれ……お、俺は金槌《かなづち》なんだ……」

「そうらしいな。泳げねえのに、船を使うとはぬかったな。ほれ……」

紋三は棺桶を川に落としてやった。

バタバタしていた十蔵は、必死に棺桶にしがみつこうとするが、丸いからクルクルと廻るだけで、摑むことも抱きつくこともできない。水を飲みながらも、十蔵は死に物狂いで、棺桶にしがみついた。

「特別仕立てだって言ったろ。落ち着いて手を伸ばせ、箍《たが》が大きく張りだしてるから、両手で掴むことができるはずだ」

「お、おい……た、助けて……！」

「達者でな。遠く常陸《ひたち》の海まで流れていくか、それとも何処かの川岸に流れ着くか、まさに川の流れに身を任せるんだな」

そう言い捨てて、紋三はスウッと櫓を漕いで、十蔵から離れていった。

大声で叫んでいる十蔵の声も、朝霧の向こうへ消えてしまった。

その後――。

十蔵が下流の川岸で、役人によって引き上げられたが、棺桶の中には、これまで主人を殺してまで乗っ取った大店の帳簿や、〝糠床屋〟として不法な貸付で儲けていたことなどの証拠が詰め込まれていた。

九死に一生を得て助けられたものの、大岡越前によって、死罪と裁かれたのである。

正直に悪事を吐かない者には、拷問が認められている。此度の紋三の仕打ちも、まさにそれであった。罪人には実は心が弱い者が多い。痛い目や恐い目に遭うとポロリと自白してしまうのだ。

だが、阿修羅の十蔵は裏渡世の人間である。それが表沙汰になって、瓦版を賑《にぎ》わすこともなかった。ただ、未解決だった殺しなどが解決したということだけである。

紋三は今日も、門前仲町の『観月堂《かんげつどう》』から取り寄せた最中《もなか》を頬張りながら、

——平穏《へいおん》無事だなあ。

とゴロンとなって、読み残していた絵草紙《えぞうし》などを楽しんでいる。

秋も深まって、そよぐ風も冷たく、ぶるっと震える昼下がりであった。

井川香四郎　著作リスト

	作品名	出版社名	出版年月	判型	備考
1	『飛蝶幻殺剣』	廣済堂出版 光文社	○三年十月 一六年四月	廣済堂文庫 光文社文庫	※『おっとり聖四郎事件控一』に改題
2	『飛燕斬忍剣』	廣済堂出版 光文社	○四年二月 一六年五月	廣済堂文庫 光文社文庫	※『おっとり聖四郎事件控二　情けの露』に改題
3	『くらがり同心裁許帳』	KKベストセラーズ	○四年五月	ベスト時代文庫	
4	『晴れおんな　くらがり同心裁許帳』	KKベストセラーズ	○四年七月	ベスト時代文庫	
5	『縁切り橋　くらがり同心裁許帳』	KKベストセラーズ	○四年十月	ベスト時代文庫	

6	『おっとり聖四郎事件控　あやめ咲く』	廣済堂出版 光文社	〇四年十月	廣済堂文庫 光文社文庫	※『おっとり聖四郎事件控三　あやめ咲く』に改題
7	『逃がして候　洗い屋十兵衛　江戸日和』	双葉社 徳間書店	〇四年十二月 一一年三月	双葉文庫 徳間文庫	
8	『無念坂　くらがり同心裁許帳』	ＫＫベストセラーズ	〇五年一月	ベスト時代文庫	
9	『けんか凧　暴れ旗本八代目』	徳間書店	〇五年四月	徳間文庫	
10	『まよい道　くらがり同心裁許帳』	ＫＫベストセラーズ	〇五年四月	ベスト時代文庫	
11	『ふろしき同心御用帳　恋の橋、桜の闇』	学習研究社 光文社	〇五年五月 一七年十月	学研Ｍ文庫 光文社文庫	※『ふろしき同心御用帳』に改題
12	『恋しのぶ　洗い屋十兵衛　江戸日和』	双葉社 徳間書店	〇五年六月 一一年五月	双葉文庫 徳間文庫	

13	『刀剣目利き神楽坂咲花堂　秘する花』	祥伝社	○五年九月	祥伝社文庫	
14	『ふろしき同心御用帳　情け川、菊の雨』	学習研究社 光文社	○五年九月 一七年十一月	学研M文庫 光文社文庫	※『ふろしき同心御用帳 二　銀杏散る』 に改題
15	『見返り峠　くらがり同心裁許帳』	KK ベストセラーズ	○五年九月	ベスト時代文庫	
16	『天翔《あまかけ》る　暴れ旗本八代目』	徳間書店	○五年十一月	徳間文庫	
17	『残りの雪　くらがり同心裁許帳』	KK ベストセラーズ	○六年一月	ベスト時代文庫	
18	『刀剣目利き神楽坂咲花堂　御赦免花』	祥伝社	○六年二月	祥伝社文庫	
19	『船手奉行うたかた日記　いのちの絆』	幻冬舎	○六年二月	幻冬舎文庫	

20	『遠い陽炎　洗い屋十兵衛　江戸日和』	双葉社	〇六年三月	双葉文庫	
		徳間書店	一一年七月	徳間文庫	
21	『刀剣目利き神楽坂咲花堂　百鬼の涙』	祥伝社	〇六年四月	祥伝社文庫	
22	『泣き上戸　くらがり同心裁許帳』	KKベストセラーズ	〇六年五月	ベスト時代文庫	
23	『ふろしき同心御用帳　残り花、風の宿』	学習研究社	〇六年五月	学研M文庫	
24	『はぐれ雲　暴れ旗本八代目』	徳間書店	〇六年六月	徳間文庫	
25	『刀剣目利き神楽坂咲花堂　未練坂』	祥伝社	〇六年九月	祥伝社文庫	
26	『船手奉行うたかた日記　巣立ち雛』	幻冬舎	〇六年十月	幻冬舎文庫	

27	『大川桜吹雪　金四郎はぐれ行状記』	双葉社	○六年十月	双葉文庫	
28	『落とし水　おっとり聖四郎事件控』	廣済堂出版 光文社	○六年十月 一六年七月	廣済堂文庫 光文社文庫	※『おっとり聖四郎事件控四　落とし水』に改題
29	『荒鷹の鈴　暴れ旗本八代目』	徳間書店	○六年十一月	徳間文庫	
30	『冬の蝶　梟与力吟味帳』	講談社	○六年十二月	講談社文庫	
31	『権兵衛はまだか　くらがり同心裁許帳』	ＫＫベストセラーズ	○六年十二月	ベスト時代文庫	
32	『仕官の酒　とっくり官兵衛酔夢剣』	二見書房	○七年一月	二見時代小説文庫	
33	『船手奉行うたかた日記　ため息橋』	幻冬舎	○七年二月	幻冬舎文庫	

34	『刀剣目利き神楽坂咲花堂　恋芽吹き』	祥伝社	○七年二月	祥伝社文庫	
35	『ふろしき同心御用帳　花供養』	学習研究社	○七年三月	学研M文庫	
36	『刀剣目利き神楽坂咲花堂　あわせ鏡』	祥伝社	○七年四月	祥伝社文庫	
37	『おっとり聖四郎事件控　鷹の爪』	廣済堂出版 光文社	○七年四月 一六年八月	廣済堂文庫 光文社文庫	※『おっとり聖四郎事件控五　鷹の爪』に改題
38	『山河あり　暴れ旗本八代目』	徳間書店	○七年五月	徳間文庫	
39	『仇の風　金四郎はぐれ行状記』	双葉社	○七年六月	双葉文庫	
40	『日照り草　梟与力吟味帳』	講談社	○七年七月	講談社文庫	

41	『彩り河　くらがり同心裁許帳』	KKベストセラーズ	○七年八月	ベスト時代文庫	
42	『刀剣目利き神楽坂咲花堂　千年の桜』	祥伝社	○七年九月	祥伝社文庫	
43	『ふろしき同心御用帳　三分の理』	学習研究社	○七年九月	学研M文庫	
44	『天狗姫　おっとり聖四郎事件控』	廣済堂出版 光文社	○七年九月 一六年九月	廣済堂文庫 光文社文庫	※『おっとり聖四郎事件控　六　天狗姫』に改題
45	『ちぎれ雲　とっくり官兵衛酔夢剣』	二見書房	○七年十月	二見時代小説文庫	
46	『不知火の雪　暴れ旗本八代目』	徳間書店	○七年十一月	徳間文庫	
47	『月の水鏡　くらがり同心裁許帳』	KKベストセラーズ	○七年十二月	ベスト時代文庫	

54	53	52	51	50	49	48
『雪の花火　梟与力吟味帳』	『ひとつぶの銀　ほろり人情浮世橋』	『刀剣目利き神楽坂咲花堂　閻魔の刀』	『花詞　梟与力吟味帳』	『呑舟の魚　ふろしき同心御用帳』	『忍冬　梟与力吟味帳』	『冥加の花　金四郎はぐれ行状記』
講談社	竹書房	祥伝社	講談社	学習研究社	講談社	双葉社
○八年五月	○八年五月	○八年四月	○八年四月	○八年二月	○八年二月	○七年十二月
講談社文庫	竹書房時代小説文庫	祥伝社文庫	講談社文庫	学研M文庫	講談社文庫	双葉文庫

55	『斬らぬ武士道　とっくり官兵衛酔夢剣』	二見書房	〇八年六月	二見時代小説文庫	
56	『金底の歩　成駒の銀蔵捕物帳』	角川春樹事務所	〇八年六月	ハルキ文庫	
57	『船手奉行うたかた日記　咲残る』	幻冬舎	〇八年六月	幻冬舎文庫	
58	『怒濤の果て　暴れ旗本八代目』	徳間書店	〇八年八月	徳間文庫	
59	『高楼の夢　ふろしき同心御用帳』	学習研究社	〇八年九月	学研M文庫	
60	『秋螢　くらがり同心裁許帳』	KKベストセラーズ	〇八年九月	ベスト時代文庫	
61	『甘露の雨　おっとり聖四郎事件控』	廣済堂出版 光文社	〇八年十月 一六年十月	廣済堂文庫 光文社文庫	※『おっとり聖四郎事件控七　甘露の雨』に改題

62	『もののけ同心　ほろり人情浮世橋』	竹書房	○八年十一月	竹書房時代小説文庫	
63	『刀剣目利き神楽坂咲花堂　写し絵』	祥伝社	○八年十二月	祥伝社文庫	
64	『海灯り　金四郎はぐれ行状記』	双葉社	○九年一月	双葉文庫	
65	『海峡遙か　暴れ旗本八代目』	徳間書店	○九年二月	徳間文庫	
66	『赤銅の峰　暴れ旗本八代目』	徳間書店	○九年三月	徳間文庫	
67	『菜の花月　おっとり聖四郎事件控』	廣済堂出版 光文社	○九年四月 一六年十一月	廣済堂文庫 光文社文庫	※『おっとり聖四郎事件控八　菜の花月』に改題
68	『それぞれの忠臣蔵』	角川春樹事務所	○九年六月	ハルキ文庫	

69	『鬼雨　梟与力吟味帳』	講談社	〇九年六月	講談社文庫
70	『船手奉行うたかた日記　花涼み』	幻冬舎	〇九年六月	幻冬舎文庫
71	『刀剣目利き神楽坂咲花堂　鬼神の一刀』	祥伝社	〇九年七月	祥伝社文庫
72	『科戸の風　梟与力吟味帳』	講談社	〇九年九月	講談社文庫
73	『紅の露　梟与力吟味帳』	講談社	〇九年十一月	講談社文庫
74	『雁だより　金四郎はぐれ行状記』	双葉社	〇九年十二月	双葉文庫
75	『ぼやき地蔵　くらがり同心裁許帳』	ＫＫベストセラーズ	一〇年一月	ベスト時代文庫

76	『嫁入り桜　暴れ旗本八代目』	徳間書店	一〇年二月	徳間文庫	
77	『鬼縛り　天下泰平かぶき旅』	祥伝社	一〇年四月	祥伝社文庫	
78	『惻隠の灯　梟与力吟味帳』	講談社	一〇年五月	講談社文庫	
79	『風の舟唄　船手奉行うたかた日記』	幻冬舎	一〇年六月	幻冬舎文庫	
80	『万里の波　暴れ旗本八代目』	徳間書店	一〇年八月	徳間文庫	
81	『はなれ銀　成駒の銀蔵捕物帳』	角川春樹事務所	一〇年九月	ハルキ文庫	
82	『おかげ参り　天下泰平かぶき旅』	祥伝社	一〇年十月	祥伝社文庫	

83	『契り杯　金四郎はぐれ行状記』	双葉社	一〇年十一月	双葉文庫
84	『釣り仙人　くらがり同心裁許帳』	ＫＫベストセラーズ	一一年一月	ベスト時代文庫
85	『男ッ晴れ　樽屋三四郎言上記』	文藝春秋	一一年三月	文春文庫
86	『三人羽織　梟与力吟味帳』	講談社	一一年三月	講談社文庫
87	『ごうつく長屋　樽屋三四郎言上帳』	文藝春秋	一一年四月	文春文庫
88	『まわり舞台　樽屋三四郎言上帳』	文藝春秋	一一年五月	文春文庫
89	『天守燃ゆ　暴れ旗本八代目』	徳間書店	一一年六月	徳間文庫

90	『闇夜の梅　梟与力吟味帳』	講談社	一一年七月	講談社文庫	
91	『栄華の夢　暴れ旗本御用斬り』	徳間書店	一一年八月	徳間文庫	
92	『花の本懐　天下泰平かぶき旅』	祥伝社	一一年九月	祥伝社文庫	
93	『海賊ヶ浦　船手奉行うたかた日記』	幻冬舎	一一年十月	幻冬舎文庫	
94	『月を鏡に　樽屋三四郎言上帳』	文藝春秋	一一年十一月	文春文庫	
95	『龍雲の群れ　暴れ旗本御用斬り』	徳間書店	一一年十二月	徳間文庫	
96	『吹花の風　梟与力吟味帳』	講談社	一一年十二月	講談社文庫	

97	『福むすめ　樽屋三四郎言上帳』	文藝春秋	一二年一月	文春文庫	
98	『てっぺん　幕末繁盛記』	祥伝社	一二年二月	祥伝社文庫	
99	『土下座侍　くらがり同心裁許帳』	KKベストセラーズ	一二年三月	ベスト時代文庫	
100	『ぼうふら人生　樽屋三四郎言上帳』	文藝春秋	一二年四月	文春文庫	
101	『虎狼吼える　暴れ旗本御用斬り』	徳間書店	一二年四月	徳間文庫	
102	『召し捕ったり！　しゃもじ同心捕物帳』	学習研究社 徳間書店	一二年四月 一五年十二月	学研M文庫 徳間文庫	
103	『片棒　樽屋三四郎言上帳』	文藝春秋	一二年七月	文春文庫	

104	『ホトガラ彦馬　写真探偵開化帳』	講談社	二二年七月	講談社文庫	
105	『からくり心中　洗い屋十兵衛　影捌き』	徳間書店	二二年八月	徳間文庫	
106	『千両箱　幕末繁盛記・てっぺん2』	祥伝社	二二年十月	祥伝社文庫	
107	『蔦屋でござる』	二見書房	二二年十一月	二見時代小説文庫	
108	『雀のなみだ　樽屋三四郎言上帳』	文藝春秋	二二年十一月	文春文庫	
109	『うだつ屋智右衛門縁起帳』	光文社	二二年十二月	光文社文庫	
110	『泣きの剣　船手奉行さざなみ日記一』	幻冬舎	二二年十二月	幻冬舎文庫	

111	『暴れ旗本御用斬り　黄金の峠』	徳間書店	一三年二月	徳間文庫	
112	『夢が疾る　樽屋三四郎言上帳』	文藝春秋	一三年三月	文春文庫	
113	『雲海の城　暴れ旗本御用斬り』	徳間書店	一三年五月	徳間文庫	
114	『海光る　船手奉行さざなみ日記　二』	幻冬舎	一三年六月	幻冬舎文庫	
115	『長屋の若君　樽屋三四郎言上帳』	文藝春秋	一三年七月	文春文庫	
116	『恋知らず　うだつ屋智右衛門縁起帳　二』	光文社	一三年八月	光文社文庫	
117	『隠し神　洗い屋十兵衛　影捌き』	徳間書店	一三年十月	徳間文庫	

118	『かっぱ夫婦　樽屋三四郎言上帳』	文藝春秋	一三年十月	文春文庫	
119	『鉄の巨鯨　幕末繁盛記・てっぺん3』	祥伝社	一三年十二月	祥伝社文庫	
120	『おかげ横丁　樽屋三四郎言上帳』	文藝春秋	一四年三月	文春文庫	
121	『飯盛り侍』	講談社	一四年六月	講談社文庫	
122	『天保百花塾』	PHP研究所	一四年七月	PHP文芸文庫	
123	『狸の嫁入り　樽屋三四郎言上帳』	文藝春秋	一四年七月	文春文庫	
124	『魂影　戦国異忍伝』	徳間書店	一四年八月	徳間文庫	

125	『かもねぎ神主禊ぎ帳』	KADOKAWA	一四年十一月	角川文庫	
126	『飯盛り侍　鯛評定』	講談社	一四年十二月	講談社文庫	
127	『近松殺し　樽屋三四郎言上帳』	文藝春秋	一五年二月	文春文庫	
128	『もんなか紋三捕物帳』	徳間書店	一五年三月	徳間文庫	「紋三」第一弾
129	『くらがり同心裁許帳　精選版一』	光文社文庫	一五年三月	光文社文庫	※再編集
130	『取替屋　新・神楽坂咲花堂』	祥伝社	一五年三月	祥伝社文庫	
131	『菖蒲侍　江戸人情街道』	実業之日本社	一五年四月	実業之日本文庫	

132	『くらがり同心裁許帳　精選版二　縁切り橋』	光文社	一五年四月	光文社文庫	※再編集
133	『ちゃんちき奉行　もんなか紋三捕物帳』	双葉社	一五年五月	双葉文庫	「紋三」第二弾
134	『くらがり同心裁許帳　精選版三　夫婦日和』	光文社	一五年五月	光文社文庫	※再編集
135	『ふろしき同心　江戸人情裁き』	実業之日本社	一五年六月	実業之日本文庫	
136	『くらがり同心裁許帳　精選版四　見返り峠』	光文社	一五年六月	光文社文庫	※再編集
137	『くらがり同心裁許帳　精選版五　花の御殿』	光文社	一五年七月	光文社文庫	※再編集
138	『じゃこ天狗　もんなか紋三捕物帳』	廣済堂出版	一五年七月	廣済堂出版	「紋三」第三弾

139	『賞金稼ぎ　もんなか紋三捕物帳』	徳間書店	一五年七月	徳間文庫	「紋三」第四弾
140	『くらがり同心裁許帳　精選版六　彩り河』	光文社	一五年八月	光文社文庫	※再編集
141	『高砂や　樽屋三四郎言上帳』	文藝春秋	一五年八月	文春文庫	
142	『幕末スパイ戦争』	徳間書店	一五年八月	徳間文庫	※アンソロジー
143	『くらがり同心裁許帳　精選版七　ぼやき地蔵』	光文社	一五月九月	光文社文庫	※再編集
144	『くらがり同心裁許帳　精選版八　裏始末御免』	光文社	一五月十月	光文社文庫	※再編集
145	『恵みの雨　かもねぎ神主禊ぎ帳2』	KADOKAWA	一五月十月	角川文庫	

146	『飯盛り侍　城攻め猪』	講談社	一五年十一月	講談社文庫	
147	『湖底の月　新・神楽坂咲花堂』	祥伝社	一五年十二月	祥伝社文庫	
148	『九尾の狐　もんなか紋三捕物帳』	徳間書店	一六年一月	徳間文庫	「紋三」第五弾
149	『飯盛り侍　すっぽん天下』	講談社	一六年二月	講談社文庫	
150	『欣喜の風』	祥伝社	一六年三月	祥伝社文庫	※アンソロジー
151	『人情そこつ長屋　寅右衛門どの江戸日記』	文藝春秋	一六年八月	文春文庫	
152	『桃太郎姫　もんなか紋三捕物帳』	実業之日本社	一六年八月	実業之日本文庫	「紋三」第六弾

153	『洗い屋 もんなか紋三捕物帳』	徳間書店	一六年九月	徳間文庫	「紋三」第七弾
154	『御三家が斬る！』	講談社	一六年十月	講談社文庫	
155	『大義賊 もんなか紋三捕物帳』	双葉社	一六年十一月	双葉文庫	「紋三」第八弾
156	『芝浜しぐれ 寅右衛門どの江戸日記』	文藝春秋	一六年十二月	文春文庫	
157	『別子太平記 愛媛新居浜別子銅山物語』	徳間書店	一七年五月	四六判上製	
158	『大名花火 寅右衛門どの江戸日記』	文藝春秋	一七年五月	文春文庫	
159	『御三家が斬る！ 殺しの鬼棲む妻籠宿』	講談社	一七年六月	講談社文庫	

160	『千両仇討　寅右衛門どの江戸日記』	文藝春秋	一七年八月	文春文庫	
161	『守銭奴　もんなか紋三捕物帳』	徳間書店	一七年十二月	徳間文庫	「紋三」第九弾

この作品は徳間文庫のために書下されました。

徳間文庫

もんなか紋三捕物帳

守《しゅ》銭《せん》奴《ど》

2017年12月15日 初刷

著者 井《い》川《かわ》香《こう》四《し》郎《ろう》

発行者 平野健一

発行所 東京都港区芝大門二―二―二〒105―8055 株式会社徳間書店

電話 編集〇三(五四〇三)四三四九 販売〇四八(四五一)五九六〇

振替 〇〇一四〇―〇―四四三九二

印刷 凸版印刷株式会社

製本 株式会社宮本製本所

ISBN978-4-19-894283-0 (乱丁、落丁本はお取りかえいたします)